エリート上司は求愛の機会を逃さない

1

自分の機嫌は自分で取る。

極論かもしれないけれど、社会人四年目にしてそれを悟れたことは幸運だった。

入浴後、髪の毛を乾かし終わった近内《ちかうち》菜々美《ななみ》は、ブラシで髪を梳《す》きながら、手元にあるスマートフォンで時間を確認する。

二十二時、至福の時間の始まりだと頬を緩ませた。

床に落ちた髪を素早く掃除し、電気を消してベッドに潜り込む。暗がりの中で見るスマートフォン画面からの光が眩《まぶ》しい。——そんなのは、ちっぽけなこと。

「今日もお世話になります！」

イヤホンをして、画面を左に四回スライドし、アプリアイコンが一つしかない画面を出す。他人に万が一にも見られないための自衛の策だ。

このスライドが儀式のようなものになっていて、気分を高揚させてくれる。目当てのアイコンをタッチして、『褒め褒めボイス』アプリを起動させた。

イケボイスがひたすら自分を褒めてくれる、至高の時間をくれるアプリだ。

しかも同じ空間にいるような音響効果を表現する、バイノーラル録音で配信されている。低い美声に耳元で囁《ささや》かれる感じが、もうとんでもなく、いい。

このアプリを知ったとき、こんな寂しいことで自分を慰《なぐさ》めているのはどこの誰だと思った。

興味本位でダウンロードして、聞いて、すぐにわかる。

きっと、世の中には、自分みたいな女が多いのだ。

その『どこの誰』になるのに、一時間もかからなかった。今やヘビーユーザーだ。

今日一日を思い返しながら、欲しいセリフを購入済の『イケボイス一覧』から探す。今一番聞きたい言葉を選べるのがこのアプリの魅力だ。

選択して再生をタップする。

低くて、力強くて、優しい、イケボイスの吐息が聞こえると、無意識にイヤホンを耳穴にしっかりと押し込んだ。

『姫』

心を溶かす声に、菜々美は目をぎゅっと瞑《つむ》る。

『今日も一日お疲れ様でした。……少し、お疲れのように見えます。明日はお休みをしてもいいのではありませんか』

「飲み会が……。滅多に来ない部長が参加するから行かなければいけないの。良識ある社会人として参加せざるをえない飲み会……休めない……」

アプリの自動音声相手に返事をしてしまった。

休めるものなら休みたい。混んでいない美容室でゆったりと髪を切りたいし、歯医者にも行きたい。カフェでゆっくりと読みかけの本を読みながら、美味《おい》しいコーヒーをじっくり味わって飲みたい。

疲れた身体に鞭《むち》打って働くこの身が空《むな》しくなるときはある。

脱・社畜を叫び仕事を辞める友人はいるけれど、自分は雇われて稼ぐタイプで、会社という組織には感謝をしていた。

そして現実的な話、有給休暇届を出していないから休めない。

朝一番に上司に風邪だと嘘をつくのも面倒だし、なんといっても忙しい日々が続いていた。明日休んだらそのしわ寄せが一気に押し寄せてくる。

イケボイスに入り込みきれない自分を悔やみつつ、次のセリフを待つ。

『フゥ……。いつも姫は頑張り過ぎですね』

心に触れられて、目の奥がじわりと熱くなった。

『でも、そうやって、やるべきことから逃げない姫の凛《りん》とした後ろ姿は、誇り高く、美しいです』

月曜日からの笑顔を貼り付け続けた毎日がぱっと脳裏を通り過ぎて、目からはらりと涙が零れる。

『明日はとびきり美味《おい》しいコーヒーをお淹《い》れしましょう。姫は一人ではありません。私はいつも見守っておりますから。でも、どうか、無理だけはおやめくださいね』

イケボイスはそこで終わった。

無機質な、不特定多数に配信された、作りこまれたシナリオとはいえ台本を読んだだけのボイスにここまで癒される。

　菜々美は合掌した。

「声優さんと技術の進歩に感謝」

　いつのまにか涙は乾いている。

　菜々美は身を起こして、新しいイケボイスを探し始めた。サンプルボタンの横には金額が表示されていて、セリフが長ければそれだけ高い。

　ホストにお金を使う女の人の気持ちは、きっとこれなんだろう。イケボイスのために働いている気がしなくもないが、それもまた人生だ。

「あ、なんかこれいいかも」

　いくつかサンプルを聞いた後、ピンときたものを買う。こういうときにあまり迷わないのが自分のよいところだ。

『私はいつも見守っておりますから』

　イケボイスの優しいセリフを頭の中でリピートして、胸にじわじわと温かいものが広がるのを感じる。

　会社の人には、実は『守られたい』願望のある女だなんて死んでも知られたくない。

　自分を守るのは自分だ。けれど、妄想の中でくらい、守られることに浸《ひた》りたいじゃないか。

　イケボイスの子守唄効果はすごい。

　せっかくダウンロードしたイケボイスを聞く前に、菜々美は眠りに落ちていた。

見渡しても人ひとりいない、がらんとした二十時のオフィス。

菜々美は会社のホームページに載っているイケオジ社長の笑顔の写真を、頬杖をついてぼんやりと眺めていた。

今日は滅多に飲み会に参加しない部長、鬼原隆康《きはらたかやす》が参加する懇親会がある。菜々美も出席する予定で、飲み会代も支払い済だ。開始は十九時。だが菜々美はまだ一人、オフィスにいる。

目頭《めがしら》を押さえながら、椅子に背中をもたせかけた。

今日は女子社員の化粧が念入りで、お洒落《しゃれ》をしてる人も多かった。そう思い出しながら、頭を横にゆっくりと倒し肩を揉《も》んだ。

彼女たちは、部長、鬼原隆康、独身、三十二歳、イケメン、高身長、筋肉質——を狙って、民族大移動のごとく、オフィスから居酒屋へと消えてしまった。

「あ、お金もあるのか」

そこは重要だろうな、と呟きながら菜々美は椅子に座り直して、表計算ソフトを画面に出し、デスク上の見積書に目を落とした。

天に二物も三物も与えられた部長とは違い、菜々美は、面倒だという理由だけで染めない黒い髪と、大きめな目が特徴なだけ。日本人女性の平均身長で、細身な方。ある程度、整った顔で産んでもらったおかげで、化粧と服装は社会人らしさと清潔感第一というスタイルで乗り切ることができている。

基本インドアな自分には、華々しい部長は崇拝の対象だ。そうは言っても、崇拝もしたことはないのだけれど。

この株式会社キハラハードに席を置き、鬼原、という名字を聞けば、まず連想するのは代表取締役社長だ。

同じ名字を持つ人間が部長としてやってくる。そんな人事の話が広がったのは四年前、すぐに縁《えん》故《こ》だと噂になった。

菜々美はまだ新入社員の頃だったが、本当に社長の甥だとわかると、社内がかなりざわついたのを覚えている。

この株式会社キハラハードは現社長が若かりし頃に興《おこ》し、ハードウェア分野で成功を収めた大企業だ。時代の流れで今ではソフトウェアやウェブ関係も手広く手掛けている。

そんな会社に鬼原隆康は、二十八歳で部長としてやってきた。上でどんな話し合いがなされたかは知らない。

けれど、昭和生まれの頭の固い取締役も多いし、かなり荒れたのではないのかと今なら想像できる。

鬼原隆康が入社してきても、菜々美は仕事を覚えるのに精一杯で、噂話に花を咲かせる時間もなかった。

それでも、様子見だった社内の彼の評価が、いい方向に変わったのはすぐに気づいた。

隆康が指揮を執《と》ったゲームのアプリ開発事業が非常に伸びたのだ。

よくよく聞けば、彼は海外の大学在学中にベンチャー企業を立ち上げていたらしい。それをうまく軌道に乗せたのを知った社長が、その手腕を手に入れるべく引き抜いたようだ。

どれもこれも噂で、何が本当かは菜々美は知らないし、そんなに興味もない。

ただ、当然彼は憧れの的で、空席の彼女・妻の座を狙う女子が大勢いるのは知っている。

菜々美は見積書に記載されている今年入社の新入社員『舛《ます》井《い》萌《も》咲《え》』の名前を爪でコツコツと弾《はじ》く。

この見積書を作った萌咲もその一人だ。

菜々美がいるのは、取引先にソフトを売り、ハードなどを一括でリース提供をして保守契約を担当する課になる。

契約の更新時に、変更点があるかどうかなどを確認する。変更点があった場合はもちろん、取引先に新しい見積書を見せなければならない。

その見積書のおかしな数字に気づいたのが菜々美の運の尽きだった。

『でも、もう飲み会に行かなくちゃいけないんで』

どうしようかと悩み抜いてから、やんわりと萌咲に型番と数字の間違いを指摘したときにそう言われた。

今日は金曜日だ。月曜日に課長に確認をしてもらい、火曜日の朝から取引先に持っていく書類が間違っている。

それをわかっていて飲み会に行くのはいい。ならば、土日に出勤をするのだろうか、と聞いてみた。

『え。休日は休みます。月曜日に課長に確認してもらいまーす。もし課長も気づかなかったら、間違っていないってことですよね』

てへ、と笑っていたが、悪い冗談だと聞き流す。

月曜日に上司に最終確認をしてもらう前に、穴が開くほどに見直すべきではないだろうか。

『課長、私には優しいから直してくれると思います。それに、私たちが残業するのってよくないですよね』

残業ゼロを目標として掲《かか》げてはいるが、時期によってはなかなか減らない現実もある。

これは最近残業続きの菜々美への嫌みだろう。

でも、本当の問題はそこじゃなかった。このままでは問題が起こると知っていて何もせずに休日には突入できない自分の性格なのだ。

萌咲の仕事の面倒を見るのは、菜々美の仕事ではない。

ただ、この取引先はつい最近まで自分が担当していたから気になった。契約更新の見積もりについて、前担当者である自分に萌咲はまったく質問に来なかったのだ。

もっと早くにこちらから声を掛けるべきだったと後悔しても遅い。

取引先の担当者はとてもいい人で、新人でまだ余裕のない自分をいろんな雑談で和《なご》ませてくれたり、仕事を教えてくれたり、本当にお世話になったのだ。

「はぁ……」

溜息を吐きながら、料金改定前のソフトやハードの金額が並んだ見積書を眺める。

萌咲は少し鼻にかかった甘ったるい声で「これ、お願いできますかぁ」とよく言っている。それが男心をくすぐるようだ。

あれを聞く度《たび》、新入社員だった自分を思い返す。

なんでも自分でこなそうと頑張っていたのは、間違いだったのだろうかと、つい考えてしまうのだ。

この見積書の雛形は菜々美が持っていて、それを使えば三時間もあれば終わる。けれど、本人にさせるのが一番だ。それが正しい、手を出すべきじゃない。

そう思ったから、気を使って内密に課長に報告をした。

返ってきたのは『正しい見積もりを作っておいて』というお願い。

「飲み会代……で、新しい褒め褒めボイスが、五つはお買い上げできるのに」

ああ、と菜々美は髪をひとつに留《と》めていたバレッタを外し、鎖骨までの長さの髪を解《ほど》いた。母親譲りの特に何もしなくても艶《つや》のある髪には感謝だ。

それを束《たば》ねることで、オンとオフを切り替えている。

菜々美は机に腕をつき、頭を抱えて髪をかき上げた。

歓送迎会以外は基本的に行かないのだから、懇親会という飲み会に参加しなくても問題はない。

今回も、たまには顔を出すかと少し気が向いただけで、どうしても行きたいわけではなかった。

けれど、理不尽さが悲しい。

もうこれはイケボイスを買うためだけに働いていると考えるしかない。

「あ……」

はた、と菜々美は顔を上げた。昨夜、買ったボイスを聞いていない。くるりと身体を反転させて、周りを見渡す。

自分のいるデスクラインの上にだけついている蛍光灯。がらんとしたオフィス。光のない向こうの暗闇から何かが這《は》い出て来そうなシチュエーション。

菜々美はごくり、と生唾《なまつば》を呑み込んだ。

——誰もいない。

理不尽の対価として、少しくらいいいはずだ。

菜々美はバッグからイヤホンを取り出すと、スマートフォンに差し込み、素早くアプリを起動させた。

『姫』

低くて心に染《し》み入《い》る声が耳から流れ込んできた瞬間、大きな目に生気が戻り、菜々美は見積書を確認し始める。

『今日もお仕事、お疲れ様でございます。いつも仕事に対する姿勢、素晴らしいですね。私はそんな姫をお慕いしております』

固くなっていた表情が柔らかく溶けた。きっと頬はピンク色に染まっている。

声に導かれるように蜂蜜由来のリップを塗ると唇がふっくらとした。ささくれていた心にやる気が蘇《よみがえ》ってくる。

我ながら現金だと思うが、残業を頑張ろうという気になった。

そして残業代でボイスを買う。

キッ、と眼光を鋭くし、菜々美は仕事のスピードを上げた。

見積書の間違いやすい箇所はだいたい目を付けていた。ハードやソフトの料金改定後の一覧は社内のファイルから取り出せばいい。

一年前の契約の更新なので、料金と税金を計算し直す。表計算ソフトに計算式を入力すれば間違いのない数字が出る。それをコピペして……

やることはいつもと変わらない。間違いのないように細心の注意を払って、淡々とこなすだけだ。

『……姫は頑張りすぎですね。ほら、肩が強張《こわば》っていますよ』

「うん、痛いくらい……」

声に吐息が交じり体温を感じるほど、イケボイスが心に近づいてくる。このバイノーラル録音の素晴らしいところは、すぐそばにいてくれると感じさせてくれるところだ。

イケボイスに癒されながら、ハードとソフトの型番を確認し、金額をコピーしてソフトに貼り付けていく。

『姫がお許しくださるなら、肩をお揉《も》み致します。……許可を頂けるのですね』

「いや、もうほんとにお願いしたいです」

アプリに返事をしてしまうほど、肩凝《こ》りはひどい。

マッサージに行ったところで解消されないし、担当者にひどい肩凝《こ》りのお墨付きをもらって帰ってくるだけだ。

『姫、失礼します』

「お願いします」

せめて気分だけでも味わおう。

肩から力を抜いて声に身を委《ゆだ》ねたとき、誰かの指先が自分の肩に遠慮がちに触れた。

「ひっ！」

灯《あか》りの消えたオフィスの暗がりが、菜々美の脳裏に蘇《よみがえ》る。

ぼうっと生気のない警備員が白い制服を着て近づき……想像が膨らんで、菜々美はびくぅっと身体を震わせて立ち上がった。

耳からイヤホンが取れて、スマホに繋がったままデスクからぶらさがる。デスクにイヤホンがぶつかる無機質な音が耳に届いて、イケボイスの世界に入り込んでいたことに気づいた。

「……そこまで驚くか」

「は……え、あ、え？」

苦笑いを抑え切れない、そんな表情で、鬼原隆康が菜々美の横に立っていた。

夜だというのに疲れた様子がまったくない、マンガから出てきたようなイケメン部長だ。

「残業？」

パソコンの画面を覗き込まれて、デスクの上に置いていたスマホを慌てて取り上げる。イヤホンを手繰《たぐ》り寄せて、涼しい顔をした。

スマホ画面にはイケボイス声主のイメージイラストが表示されているのだから、死んでも見られるわけにはいかない。

「ぶ、部長は、なぜここに」

「会議の後に、社長に呼び出されて、この時間」

イヤホンをして残業をしていたのを、よりによって部長に見つかったという焦りよりも、イケボイスが漏れているのではないかと気が気でない。

「なに、見積もり？」

隆康は真剣な目でデスクの上の見積もりと、画面の見積もりを見比べ始めた。

涼しげで知的な目元、すっと通った鼻筋、少し下唇に厚みがあって張りのある唇。間近で見ていると、本当にきれいな顔立ちだなと思った。

隆康と話した機会は数えるほどしかない。覚えてもいないような、とりとめもない会話。彼は近寄りがたく、住む世界が違う人だ。

こんな人気者と二人きりの状況を目撃をされれば、確実に誰かに恨まれる。

何よりも、アプリを終了させたい。菜々美はそれとなく隆康を誘導した。

「……飲み会、行かれないんですか」

「行くけど、それを言うなら近内さんもだろう。行かないのか」

「見積もりを終わらせてから」

「この会社の担当、舛井さんに変わった覚えがある」

デスクの上の見積書を閉じ、表紙を確認し、「ほら」と隆康が視線で言ってくる。柔らかく茶色がかった髪が、彼の額で揺れた。

本物のイケメンだ、と見惚《みと》れかけて、はっとする。

隆康はこうやって無意識なのか意識してなのか、女子社員を籠絡《ろうらく》しているのだ。まったくもって、罪深い。

菜々美は心に何重もの壁を張り巡らせつつ、飲み会へ誘導を続けた。

「素晴らしいです。全て把握していらっしゃるんですね。で、飲み会……」

飲み会の勧《すす》めを無視して、隆康は顔を顰《しか》めた。

「数字が違うな」

「ええっと、はい、そうです。課長には伝えたのですが、訂正を託されたので、残業になりました。どうぞ部長は飲み会へ行かれてください」

アプリのイケボイスは隆康の耳には届いていないらしい。ほっとしながらも、菜々美はアプリを終了したくてうずうずしてしまう。

部長と喋っているのに、スマホを扱うのはよくない。だが、段々と菜々美に落ち着きがなくなってくる。

「で、イヤホンで音楽を聴きながら、残業」

注意するような口調ながらも険はない。が、部長から指摘をされて開き直れるほどの強さは菜々美にはない。

「すみません……」

俯《うつむ》いたまま、手の中に握り込んだスマホ画面の、アプリの停止ボタンを親指でそっとタッチした。

一瞬だけ、ちらりと隆康を上目遣いに盗み見る。呆れられているかと思いきや、興味深そうな表情を浮かべて、菜々美を見下ろしていた。

「近内さん、感じが違う」

「以後、社内でイヤホンはやめます」

金曜日の夜に他人の仕事の尻を拭《ぬぐ》う残業をしているのだ。

少しくらいはハメを外して、イケボイスに褒められながら残業したくもなる。

モヤモヤを抑えつつも、社会人として頭を下げた。

「いや……、『雰囲気』の話」

隆康は顎《あご》を手で撫でながら、肩を竦《すく》める。

「もっと、こう、近寄りがたい感じだろ、いつも」

「はぁ。髪、ですかね」

確かに菜々美は社内でプライベートの話はしないし、飲み会の常連というわけでもない。いつもと違うのは、解《ほど》いている髪くらいだろう。

そもそも近寄りがたいのは隆康の方だと思う。飲み会に滅多に参加しないという共通項はあるが、彼は社内の地位、イケメン度ともにかなり上。

「飲み会、皆さん部長を待ってますよ」

よく掴めない会話を続けるのも息苦しく、ちらりと壁にかかっている時計で時間を確かめる。

二十時ちょっと過ぎ、まだ飲み会には間に合うはずだ。

「音楽を聴いていたんじゃなくて、彼氏と電話してたのか」

「彼氏はいません」

「へぇ。――これはセクハラだな、悪かった」

ハラスメントの規定が厳しくなり、プライベートを聞くことも難しい昨今だ。だが、今はそんな風潮もありがたい。

隆康はあまり信用していない、といった顔でまた見積書に目を落とした。どうやら彼の中では、菜々美には彼氏がいて、その彼と喋っていたということになったらしい。ということはおそらく、独り言を聞かれていたのだろう。

よほど大きな独り言を言っていたのかと思うと、恥ずかしい。

だが、アプリの存在を知られるよりはマシ。

菜々美は誤解を受けたままにしようと決めた。

おそらくまだ飲み会に行っていない部下を気にしたのだろうが、残業になったから彼氏に迎えを頼む電話をしていたとでも思っていてくれれば、隆康も飲み会に向かってくれるだろう。一人でほっとしていると、隆康は椅子を隣のデスクから持ってきた。

「手伝う」

「ええええ……」

すごく嫌そうな表情と声が出て、菜々美は手で口を押さえる。驚いたように目を見開いた隆康は、すぐに笑い出した。

「早く終われば、彼氏と会えるだろう」

「はぁ」

彼氏なんてものはいないが、早く終われば、褒め褒めボイスがたくさん聞ける。ぐらり、と菜々美の心が揺れた。

「二人でやった方がミスも減る」

やり直しで作った見積書をさらに間違えれば……。萌咲の勝ち誇ったような顔がありありと想像できて、菜々美はげんなりとした。

「……飲み会はどうするんですか。皆さん、お待ちだと思います」

「部下が飲み会に参加できなくなる、そんなマネジメントをしているのは、部長である俺だ」

にやり、と浮かべた隆康の悪戯《いたずら》っぽい笑みにどきりとする。

「つまり、俺の責任なんだよ」

萌咲は隆康が来るからと言って飲み会に行った。逆恨み的にいえば、今の状況は隆康が元凶だ。その元凶が責任を取ると言っている。

意識が高い上司だと感動はするが、これを萌咲が知ったらどうなるだろうか。

部長が手伝ってくれるなら自分で見積書をやり直したのにと、恥も外聞もなく言いそうだ。そして、自分が責められることも想定できる。

どうにもこうにも、萌咲とは仲良くなれそうにない。

菜々美が返事をしないでいると、隆康は椅子に座って見積書に本格的に目を通し始めた。

「後輩に引き継いだ仕事が気になった。取引先に失礼がないか確認をしたかった。そこでミスを見つけ、担当と直属の上司に報告をした。だが、なぜかその仕事を任せられた。そんなところだろう。近内さんはちゃんと仕事をしている。俺はやるべきことをやっている人間は助けると決めている。それだけだ」

菜々美の胸がとくん、と高鳴った。

これは、遠回しに褒められてはいないだろうか。心臓がどきどきとうるさく鳴り始める。

隆康の声は低く、心の奥底まで響いてくる。イケメンの安定の重低音ボイスが生で聞けていると いう現実に、菜々美の心は前のめりになった。

彼の隣の椅子に菜々美はゆっくりと腰を下ろす。もっとそばで聞きたいという欲に負けて、ストレートに聞いた。

「……褒めて、くださってます?」

「褒める?」

隆康は困ったように、眉根を寄せた。

「ちゃんとやっている、というのが、それに当たるのなら」

「……ありがとうございます」

期待していなかった生《なま》の褒め言葉。内心では空高く舞い上がっていて、それを表に出さないようにするために、表情を引き締めた。

「手伝っていただけると、助かります」

俄然《がぜん》、仕事をする気になる。

部下の士気を上げるのが上手な、なんていい上司なのだろう。

菜々美はスマートフォンからイヤホンを抜いて片付けようとした。

イヤホンを抜けば音は停止する仕組みになっている。さっき、アプリは停止させたから、完全に音は鳴らない。

けれど、どこかでまだ安心を求める気持ちがあったのか、止まっているアプリを、さらに止めようと指を動かし、無意識にタップしてしまう。

その瞬間、その場が地獄と化した。

再生を押したのだ。

『姫』

スマートフォンから音声が流れて、菜々美は凍り付く。

『いつも頑張っていらっしゃって、私は誇りに思っています』

静かなオフォスに音声が響く。真顔の隆康と目が合った。その目はじっと菜々美を見ている。

『しかしですね、姫はいつも頑張りすぎていて、心配になります』

震える手でアプリを終了させようとしているからか、指先がすっかり冷え切ってしまったせいか、まったく停止してくれない。

『抱き締めて差し上げた――』

やっと止まったが、安堵はできない。時間はアプリのようには戻せないのだから。瞬《まばた》きもできなければ、この壊れた空気を修復する気の利《き》いた言葉も出てこない。

菜々美の精神が粉々に砕けそうになったとき、隆康が口を開いた。

「このハードの金額だが……」

足を組んで、何事もなかったかのように振舞ってくれる隆康の腕を、菜々美はがしっと両手で掴む。

「もう、ほんっとに、そこは、スルーしないでください。罵《ののし》ってください。馬鹿にしてください！」

「大丈夫だ、何も聞いていない」

「そんな見え透《す》いた嘘はやめましょうよ。聞こえましたよね！」

涙目で隆康に訴える。笑うなりして欲しい、そして誰にも言わないで欲しい。

縋《すが》る菜々美に、隆康は笑いを堪《こら》えるように目を細めた。

「気にしなくていい、――姫」

「い、い、いじわる」

菜々美は手で顔を覆って座ったまま前屈みになる。恥ずかしさが突き抜けてもう自分の感情がわからない。

「姫、仕事だ、仕事」

隆康の口元から悪戯《いたずら》な笑みは消えていない。そんな顔でパソコンを見つめたまま、姫だなんて口にされてしまえば、もう穴を掘ってでも入りたくなった。

「姫じゃないので、そこはどうにか勘弁してください」

「姫でいいじゃないか。今、手伝われてもミスが多くなるから、そこで見学しててくれ」

その通りだと思う。クールな判断をする隆康が恨めしい。いや、それよりも会社でこの褒め褒めアプリを起動してしまった自分のアホさが何よりも痛い。

それに『姫』と呼ばれたいのではなくて、褒められたいだけだ。

好きな声とセリフが掛け合わさっているものを選んだら、たまたま呼称が『姫』になってしまったのであって、そこにこだわりはない。

そんなことを説明できるはずもなく、菜々美は隆康が淡々とキーボードを打つ音を聞いていた。

仕事を進める彼の隣にいると、段々と冷静になってくる。結局、菜々美は仕事をしていない。

手伝おうにも動揺はまだ収まっておらず、足を引っ張りそうな気がして、やりますとも言えなかった。

「お任せしてしまって、申し訳ないです」

「そう思うなら、そんなのを聞いてる理由でも教えてくれ」

「えええ……。会社ではちょっと……」

どこに耳があるかもわからない。これ以上の危険は冒せない、と菜々美が用心深い態度を取ると、隆康はディスプレイから菜々美へと目を向けた。

「会社じゃなければ、理由を話すって聞こえるぞ」

頬杖をついて苦笑している隆康に、菜々美は急に色気を感じてしまう。節が出た手首、長い指、ヨレのないネクタイに、男らしい喉仏。

菜々美は自分の視線が無遠慮に隆康の上を彷徨《さまよ》ったことに、頬を赤らめた。

「黙っていてもらえるなら、いくらでも、話します」

急に渇いた喉を潤すように、菜々美は生唾《なまつば》を呑み込む。隆康は腕を組んで、椅子の背もたれに背中を預けた。

「なるほど。なら、焼き鳥屋でどうだ」

「焼き鳥って、隣の人と席が近いでしょう。話が誰かに聞こえるじゃないですか」

菜々美は信じられないとばかりに隆康を見る。会話が途切れれば、横の人に話が聞こえてしまう距離の店は嫌だ。

「……話が聞こえない場所。ホテルにでも行かないと、無理だろ」

「ホテルのラウンジは、静かすぎます」

ホテルのラウンジはプライベートスペースは広くはあるが、いかんせん夜は静かだ。

菜々美が真顔で答えると、隆康は堪《こら》えきれないとばかりに笑い出す。今まで彼が声に出して笑ったところなんて見たことがないだけに驚いた。

そもそも、菜々美は他の女子社員と違って、隆康を理想の男性として意識したことがない。

隆康は、彼と親しくなりたい人に囲まれている、遠い人だ。彼はアイドルで、菜々美はそれを横目に通り過ぎる通行人という関係性。

それが、どうしてこんなに親しく話しているのだろう、と不思議な気持ちになった。

理由は褒め褒めアプリの利用を知られたからだ、と現実に戻ると気持ちがずんと暗くなる。

「なら、個室の焼鳥屋だな」

「どこでもいいです。黙っていてさえもらえれば」

むしろ、理由も聞かずにただ黙っていてくれれば、それが一番ありがたい。

「どこでもいい、なんて軽々しく言わない方がいい」

今までの会話の中で、初めて聞いた、窘《たしな》める口調。

驚いた菜々美が隆康を見ると、彼はディスプレイに視線を移し、すでに仕事に戻っていた。

確かに、どこでもいいと言って昆虫や爬虫類を出す飲食店に連れて行かれるのは、さすがに遠慮したい。

菜々美が反省していると、隆康は「でも、」と続けた。

「その『どこでもいい』は、取っておくことにする」

「取っておく」

意味がわからず、菜々美は首を傾《かし》げる。

「焼き鳥は、この仕事を俺一人でやったことへの対価。『どこでもいい』は『姫』を黙っておくための、交渉の場とでもしようか」

理由を話せば黙っていてくれる、と言うから、社外で話すという話ではなかったか。

「な、なんか、こう、ぐちゃっと、ごちゃっとされた気がするんですけど」

「交渉とは相手を煙《けむ》に巻くことだろう。『どこか』を決めるのは、俺。どうする、呑むか呑まないか」

「黙っていてくれるなら、なんでもいいです……」

「なんでもいいってのもまた、あれだな」

隆康が苦笑すると、複合機プリンタから印刷した用紙が出てき始めた。

「え、もうできたんですか」

「雛形があったじゃないか」

「初めてこの見積書を見るのに、すごい……」

「ここのデキが違う」

「それは知ってます」

自分のこめかみ辺りを指でトントンと叩いた隆康を置いて、菜々美は椅子から立ち上がった。

出てきた書類を揃えて、目を通しながら席に戻る。

「あとは私がチェックしますので、部長は飲み会へ行かれてください」

「二人で終わらせて、飲み会に顔を出すぞ」

「えええ……」

部長と二人で飲み会に登場だなんて、そんな針山に裸足《はだし》で登りに行くようなことはしたくない。女の嫉妬の世界は深くて怖いのだ。

隆康は笑みを浮かべたまま、肩を竦《すく》めるふりをする。

「よくそこまで嫌な顔を、本人の前でできるな」

「ご自分がどれだけモテてるか、認識された方がいいですよ」

「あれは、俺に興味があるんじゃない。地位や金が好きなんだ」

隆康が菜々美に手を伸ばした。プリントした見積書を渡せ、ということなのはわかる。けれどすぐに渡せなかった。

実は、会社での隆康の後ろ姿に孤独を感じたことがある。

あれは隆康が冷静に俯瞰《ふかん》して自分を見つめているからなのだろうか。

隆康を温もりのある人間として初めて意識をして、だからつい聞いてしまった。

「……部長にも、人に知られたくないことって、ありますか」

「ある」

褒め褒めアプリよりも知られたくないことなんて、そうそうないだろう。それでも、ちょっとした期待を込めて、聞いてみる。

「何を、知られたくないんです？」

菜々美はプリントした見積書を隆康に渡して椅子に座った。

「姫と呼ばれたい理由を教えてくれれば、教えるよ」

「姫って言わないで……」

隆康の穏やかな声に、菜々美に平常心が戻ってくる。時計に目をやると、まだ飲み会には間に合いそうな時間だった。

けれどまだ仕事は終わっていない。

隆康の仕事に真剣な横顔と、くっきりとした喉仏が、瞼の裏に焼き付く。彼の唇が動いた。

「読み合わせをするぞ」

「はい」

部長がモテるのは地位とかお金ではないと思います、と伝えるには、関係が遠い。

いつもは電話や話し声でうるさいオフィスだが、今はそれもない。心地よく響く隆康の声が素敵で、何度も聞き惚れそうになった。

文字通り二人きりだが緊張はしない。仕事という言い訳が自分を守ってくれていた。

見積書の読み合わせを終え、ほっとして背伸びをしていると、パソコンの電源を落とした隆康が立ち上がる。

「飲み会にはまだ間に合うだろう。一緒に行こう」

個人主義、と言われる世代で育ってきた自覚がある。

同じく人は人、自分は自分という世界で誰よりも生きていそうな隆康に「一緒に」と誘われたことがこそばゆく感じた。

女子社員に睨《にら》まれるかも、と思ったが、考えが変わる。

そもそも、自分がライバルとして意識されると思っていること自体がおこがましいのだ。そう考えると、楽になった。

菜々美は髪を束《たば》ねると、仕事に気持ちを切り替えて丁寧に頭を下げ、顔を上げる。

「本当にありがとうございました。ご一緒させていただきます」

「ああ」

隆康の表情にさっと翳《かげ》が宿って、消えた気がした。

一瞬のことだったから、きっと見間違いだろう。

二人で居酒屋へと向かい宴席の中へ入ると、隆康はあっという間に中央へと引っ張られ、用意されていた主役席に座った。

菜々美は一緒に来たのは見間違いですよ、というように存在感を殺し、同僚の木村亜子《きむらあこ》が手招きしてくれたテーブルの端の席に滑り込んだ。

すでにお腹《なか》も満たされ、お酒も入った面々は、それぞれ小さなグループになって喋っていた。だが、部長に近づきたい人たちはそわそわと彼の周りに集まり始めている。

これが、隆康と自分との距離だ。

菜々美は亜子に料理を皿に取り分けてくれていたことの礼を言いながら、箸を手に持つ。

「お疲れ」

亜子がウーロン茶を頼んでくれた。だが、それが来る前に、なみなみと日本酒が注がれたグラスを渡される。

勧《すす》められるまま、日本酒を飲んだ。喉が焼けるような感覚とともに、甘い芳香が鼻に抜ける。途中から参加をすれば苦手な乾杯のビールを飲まなくてもいいらしい。途中参加がクセになりそうだ、と思いながら、また一口飲んだ。

「飲み会を無視して帰るのかと思ったら、部長殿と一緒に登場とはねぇ」

「アクシデントが起こっただけ」

残業の理由をかいつまんで話すと、亜子は微妙な顔をしたが、もう終わったことだ。

ひと仕事終わった後の週末だからか、やけに日本酒が美味しい。だし巻き卵を箸で割って、大根おろしを乗せて口に入れる。お皿の料理はところどころなくなっているが、こういった酒のつまみがあれば十分だ。

自分のペースで空腹を満たしていたが、亜子が肘をついてにやにやとこちらを見ているので、箸を止めた。

「何か言いたいのなら、どうぞ」

「幸せそうなのは、食事とお酒のせいだけかな。ね、部長とお近づきになった感想を聞かせて」

亜子には隆康と一緒に来たから機嫌がいいと思われている。

口の中でじゅっと出てくる出汁《だし》と大根の苦味を味わいながら、すでに遠い人となった隆康を眺めた。

「近づいてないと思うけど」

指で、隆康と自分を交互に指す。いろんな人に囲まれた彼は本当にアイドルだ。

「そうかな。なんか、仲良さげに見えちゃったんだけど」

「気のせいだよ、それ」

自分の重大な秘密を握られた。あの音声を聞かれたことは、脇から変な汗が出て震えるほどに恥ずかしい。

それを秘密にしてもらうために二人で食事に行く約束をした。

どれだけ自分が取り乱していたかが、時間が経つほどにわかる。

冷静になってくると、上司がわざわざ部下の秘密をバラして、管理者としての自分の首を絞《し》めるようなことをするだろうか。菜々美は溜め息を吐く。

やはり、食事の話は彼の冗談なのだ。

真に受けた自分がますます恥ずかしくて、菜々美は情けない顔をした。

「……ねぇ、亜子から見た部長って、どんな人？」

「クールなイケメン。色気と堅さが混じった、ワイルド感。引き締まった肉体に、趣味のいいスーツとネクタイ」

「……そういうのを求めたわけではないんだけど。ウーロン茶でも飲む？」

仕事の姿勢とか性格の印象を聞いたつもりだったが、予想もしない返事が返ってくる。

運ばれてきたウーロン茶を渡そうとすると、亜子に拒否された。

「私も部長と二人きりで話したいって意味ですけど」

「え、まったくわからなかった」

菜々美は驚きつつ再び箸を取る。

少しだけ炙《あぶ》ったサバに、レモンと塩がかかったものを口に運んだ。日本酒の風味とよく合って、にんまりとした笑みが浮かぶ。

横を見ると、白ワインを飲んでいる亜子が、うっとりと部長を見ていた。

「部長って、整いすぎてて、一般人には鑑賞用だよね。そして、見て。あの恥も外聞もない、純粋なフリをした、頭の悪い女を」

「毒舌を慎《つつし》もうか」

呆れつつも隆康の方を見れば、いつの間にか横にちゃっかりと萌咲が座っている。

甲斐甲斐しく焼酎のお湯割りを作っていた。仕事はあれだが、そういう気は回るらしい。

それよりも、残業を手伝う原因となった萌咲の作った酒を、隆康が飲んでいることに驚いた。大人げないかもしれないが、自分なら受け取らないと菜々美は思う。

胸の中にまずもやもやが広がって、それからすとんと、隆康が仕事を手伝ってくれた理由に納得がいった。

彼は、新人の萌咲『も』助けたかったのだ。

自分だけを助けるために残ってくれたと思っていた。

ポジティブな勘違いにさらに恥ずかしさが湧き上がり、菜々美は身震いしながらお酒を飲んだ。

「気が利《き》くのは、いいことなんじゃないの」

「菜々美がアレをすると、男は勘違いするからやめた方がいいよ」

「急になんの話よ」

刺身のつまを青じそでくるんで、しょうゆをつけたところだった。つまが、しょうゆの色に染まっていくのを見つめつつ、亜子の言葉に眉を顰《ひそ》めた。

「日頃、そういうことをしない女がしてみなさいよ。俺って本命かも、みたいな幸せな勘違いをするでしょうが。男ってそういうものじゃないの」

とても演技には見えない真《しん》に迫った亜子の迫力に、そういう経験でもあったのかなと思った。

「……何かあったのなら、話を聞くくらいならできるよ。力にはなれないと思うけど」

「話はいい。力にはなれる」

急に食い気味に言葉尻に被せてきた亜子の勢いに引く。

「ええ、何？」

「好きな人に、合コンを頼まれたの。でも、合コンなんてしたくないわけ。だって、私の本命を誰かが狙ったら嫌だもの。だから、四人くらいでの食事がベストだと思って」

「力になれず、申し訳ない」

一言で切って捨てる。安全パイな存在が必要という気持ちはわかるが、そんな場で気を使うよりも、家でイケボイスを聞く方が有意義だ。

菜々美はしょうゆで黒くなったつまを口に運び、グラスに残っていた日本酒をくいっと飲み干した。

亜子はめげずにぐっと寄ってくる。

「そのクールさが必要なの。人の恋を手伝うと徳を積むことになるよ。友人代表スピーチとどっちがいい？」

「スピーチがいい」

「え、そっちなの」

「簡単だもの」

二対二の、しかも初対面の男性との食事よりも、スピーチの方がまだいい。事前に練ることができるし、何度でも練習できる。

そう考える自分は少し変わっているのだろう。

話題が切れたところで周囲を見回すと、目の前に座っている四十手前の篠田《しのだ》が、自分で焼酎のお湯割りを作ろうとするところだった。

菜々美が気負うことなく喋れる数少ない男性社員の一人で、仕事も教えてもらった大事な先輩だ。

萌咲が隆康にお酒を作っていた光景が、菜々美の頭の中を過《よぎ》る。

「篠田さん、作ります。お世話になっているし。いつもこういう気が利《き》かなくてすみません。作ってもいいですか」

酒飲みには好みの濃さがある。それが理由で、人によっては自分で作ることにこだわる場合がある。

そんな菜々美の心配をよそに、声を掛けられた篠田は目を丸くした後に頭を掻《か》く。

「せっかくだから、お願いしようかな」

「濃さはどれくらいにしますか」

驚きつつも任せてくれた篠田に菜々美は微笑んだ。ここらへん、とグラスに指差されたところまで焼酎を入れて、丁寧にお湯を注ぐ。

陶器のグラスに手を添えて篠田に渡すと、彼はとても嬉しそうに破顔した。

「いつもよりうまい気がする」

気が向いたから声をかけただけなのに、とっておきのお酒を開けたような表情を向けられて、菜々美の方が恐縮する。

篠田もお酒が好きで、たくさん飲むというよりも味わう派だ。

まだまだ仕事で助言をもらうことも多いけれど、独り立ちした今は酒の肴《さかな》について語り合う仲になっていた。

篠田とお酒の話をしていると、どこからか強い視線を感じてその元を探す。

すると、隆康の隣にまだ座っている萌咲と目が合った。彼女の口元に浮かぶ、勝ち誇ったような笑みに、菜々美はさすがにムッとする。

飲み会に遅れて参加した理由を思えば、目を逸《そ》らしてなるものかと妙な闘争心が湧いた。

気迫を感じたのか、萌咲の方がさっと目を逸《そ》らす。

その横にいる隆康は、萌咲に半分背を向ける形で、隣に座る課長の砂野《すなの》と話していた。なぜか胸にぽっかりと穴が開く。隆康との残業は夢か幻だったのではないかと感じるほどに、すでに過去だ。

「ほら、菜々美も飲んで」

亜子がいつの間にか頼んでくれていた日本酒のおかわりが運ばれてくる。

酔わせて、合コンに参加させようとする、古典的な手段を取ろうとしているらしい。

菜々美はなみなみと波打つ日本酒の水面を見つめる。

隆康と一緒に飲み会に来たのは不可抗力だ。あんな風に萌咲に挑まれる覚えなんてないし、第一、感謝の言葉も聞いていない。そもそも、砂野は菜々美が代わりに見積書を作り直した件を彼女に伝えているのだろうか。

萌咲に感謝を求めた自分への自己嫌悪も加わり、ムカムカしてくる。

その感情で妙な弾みがついたのか、コンパに行ってもいいかなという気になった。

「コンパに行くのはいいけど、愛想はゼロだよ」

「ありがとう。菜々美は天然だから大丈夫」

どういう意味よ、とねめつけるも、亜子はさっそくスマホで誰かにメッセージを送り始めていた。

菜々美は褒め褒めアプリのイケボイスを隆康に聞かれたことを考えていた。

まだ、恥ずかしいのは確かだ。

けれど、隆康にとってはきっとたくさん抱える部下の一人の、些細《ささい》な秘密を知っただけ。

どう考えても取り乱した自分がただただ空《むな》しいという結論に行き着くから、心は落ち着かない。

自分の気にしていることは、他人にとっては案外どうでもいいことなのだ。理解はできるけれど、胸はちくりと痛む。

やっぱり、イケボイスで自分の機嫌を取っている時間が一番、尊い。

菜々美はちびちびと、日本酒を飲み続けた。

週末は掃除に洗濯と忙しい。家族と住んでいるといっても、お弁当の材料の買い出しやストック作りは自分でする。

とはいえ、そんな時間もイヤホンでアプリを聞くのだから苦ではない。むしろ、楽しい時間だ。

この『楽』の時間で満たされた心が、月曜日からの自分を作るといっても過言ではない。

涙ぐましい努力で気持ちをリセットして月曜日に出社をすると、待ち構えていた萌咲から頭を下げられた。

驚きすぎて、菜々美は一歩後退してしまう。

「金曜日はせっかく教えてもらったミスを放置して、すみませんでしたー」

言葉の中に、不服そうな雰囲気は嗅《か》ぎ取れた。

きっと誰かに言われたから頭を下げに来たのだろう。しかし偏見で決めつけてはいけない、と思い直し、菜々美は笑みを顔に貼り付ける。

「部長が手伝ってくれました。完成させたのは部長だから、私にお礼はいいです」

萌咲は神妙な顔で固まった。もしかして、飲み会の日に隆康本人から直接注意をされたのだろうか。

フロアに彼の姿を捜すが、見当たらない。確かめたくなって萌咲にかまをかけてみる。

「舛井さんが反省していたこと、部長に伝えた方がいいですか」

「伝えてください」

萌咲の顔がぱっと輝いて食い気味に言ってくる。やはり隆康は、金曜日に彼女に注意をしたのだ。

そんな雰囲気には見えなかったから、意外に思った。

「言っておきますね」

「ありがとうございます！」

萌咲がここまで頭を下げてきたのは初めてだ。よほど強く言い含められたのか、隆康が好きだからか。

二人のことだし関係ないか、と菜々美は考えるのを放棄して、約束だけをして自席に着く。

素直に謝られると、頼まれてもいないのに見積書を確認したことに、改めて罪悪感を覚えてしまった。

けれど、萌咲の仕事なのだから、あとは上司たちに任せればいい。そう気持ちを切り替えて自分の仕事に集中する。

自分自身も書類整理や取引先への連絡、新しくなるハードやソフトのスペックについて確認をしなくてはいけない。

昼を過ぎた頃、ホワイトボードの予定表に隆康は出張と書かれていることに気づいた。出社は木曜日かららしい。

萌咲から謝罪を受けたことを伝えると約束した手前、早めに話したいが、出張中に社内メールを使って報告することには躊躇《ちゅうちょ》する。ただでさえ捌《さば》かなくてはいけないメールは多いはずだ。

やるべきことがひとつ増えたと思いながら、忘れないために菜々美は『部長』と書いた付箋《ふせん》をパソコンの画面に貼り付けた。

待ちに待った木曜日になったが、隆康をオフィスで見かけない。

他の人に聞けば出社はしているらしく、どうやらお互いすれ違いになっているようだ。

仕事をしていたが集中力が続かなくなり、時間を確認すると午後三時だった。

窓から差し込む日差しを見つめた後、菜々美は休憩がてら自動販売機で飲み物を買うために立ち上がる。

オフィスを出た廊下の突き当たりに休憩コーナーがあり、違うメーカーの自動販売機が三機、置いてあるのだ。

ソファがそれを囲むようにコの字に設置してある。オフィスを離れて少し話したいときなど、ここを使う人も多いのだが、珍しく誰もいなかった。

菜々美は左肩を右手で揉《も》みながら、カップのコーヒーにするかスポーツ飲料にするか悩んだ。

デスクの引き出しに、もらったクッキーとチョコレートがある。

コーヒーに決めて自動販売機にお金を入れるため財布を開けようとしたとき、後ろから声を掛けられた。

「近内さん」

誰もいないと思っていたのでびっくりして振り返ると、隆康が立っていた。金曜日に褒め褒めアプリを聞かれた相手のふいの登場に、内心動揺が走る。

あのことは、なかったことにしていいのか。どう接するのが正解かわからず、距離感が掴めない。

「お疲れ様です」

「お疲れ」

隆康が一歩近づいてきて隣に立った。袖が触れ合うほどに近くなって菜々美は一歩分離れる。

あからさまな態度だったので彼の反応を心配したが、それ以上は距離を縮めてこなかった。

「……コーヒー休憩？」

「はい」

ボイスを聞かれた恥ずかしさがどんどん蘇《よみがえ》って、心臓がどきどきと鳴り出す。

萌咲との約束を果たすなら今だ。最高潮の緊張を仕事用の笑顔に隠して、菜々美は口を開く。

「舛井さんから見積書の件で謝罪を受けました。私も出過ぎたことをしたと反省しています。先日はお忙しい中、時間を割《さ》いて頂き、ありがとうございました」

そう言って頭を下げたが、隆康の反応を窺《うかが》うことはしなかった。

緊張で息苦しくて死にそうだ。

その場から動かない隆康は手に茶色の革カバーの手帳とスマートフォンを持っていた。これだ、と菜々美は指摘する。

「今から会議じゃないんですか。お時間は大丈夫ですか」

「ああ、会議だな」

相変わらずの低くていい声だがどこか不穏な響きがあり、おまけに立ち去ってくれない。

何か失礼なことをしただろうかと考えたが、アプリを聞かれた恥ずかしさが蘇《よみがえ》ってうまく頭が働かなかった。

僅かな無言の時間に、胃と胸がぎゅうぎゅうと締め付けられる。

場の空気を軽くしたくて、菜々美はなんとか会話を続けた。

「すみません。進捗《しんちょく》を追いかけた方が良ければ聞いてみますが……」

隆康が返事をしてくれないことで、どんどん身体に力が入って長財布を強く握りしめてしまう。

緊張から俯《うつむ》いていると、耳元に息が掛かった。

「姫」

低音ボイスの囁《ささや》きでの、からかい。耳から全身に震えが走り、顔を真っ赤にした菜々美が見上げると、隆康は片眉を上げて皮肉げな笑みを浮かべていた。

「ちょっ……！　昼、会社、仕事中ですよ！」

「焼き鳥の約束は反故《ほご》か。そうか、誰かに話して欲しいんだな。近内さんの本当の欲求を汲《く》み取れなかった。すまないな。今からの会議で話してこよう」

「なっ、どっ、だっ」

隆康の死刑宣告のようなセリフに、言葉にならない音が菜々美の口から漏れる。何がきっかけで彼がそんなことを言い出したのか、まったくわからない。

「か、管理職は、部下の、秘密を」

「個人名は出さずに、会議前の場を和《なご》ませる話題レベルで話そう。そうだな、残業中に姫と呼ばれるアプリを聞いて仕事をする二十代の女子社員がいるらしい、とでも言うか。うちもそういうアプリを開発案として挙げて、利用者からヒアリングをしてみよう、と提案する。その女子社員が誰かわかれば、話を聞かせて欲しいから、皆に通達してください、なんて流れでどうだ」

「い、いじわる、ですよ」

そんな話題が出てもおかしくないのが怖い。趣味の分野は当たれば大きいし、そうでなくても一定の売上は確保できるだろう。

声を押し殺して涙目で睨《にら》みつければ、隆康は嬉しそうに頷いた。

「そう、その感じがいい」

「なんの話だか……っ」

握ったこぶしで、隆康を叩きたくなったが、ぐっと堪《こら》える。

「で、焼き鳥は今日か、明日か、明後日か。……俺のビジネスへの情熱が、部下への思いやりに勝《まさ》るのはいつか。俺は売上を上げることが好きだし、短気な性格であることも伝えておこう」

「きょ、今日！」

菜々美にとっては脅しにしか聞こえない。それなのに隆康は楽しそうだ。それが悔しくて再度睨《にら》みつけるが、彼には響かない。

「よし、今日だな。後で店のアドレスを社内メールで送る」

「え、本気ですか」

「本気だ」

そう言った隆康に菜々美は呆然とした。辺りに誰もいないか、頭をぐるりと回して確認をする。

本当に、二人で食事をするつもりなのだろうか。かといって誰かを誘ってアプリの話を聞かれたら死んでしまう。

思い切り眉間に皺を寄せていると、隆康は小銭をコーヒーの自動販売機に入れた。

「近内さん、コーヒーはホットのブラックが好きだったよな」

「え、あ、はい」

隆康は菜々美が答えるより早く、ホットのブラックコーヒーのボタンを押す。

甘ったるい飲み物は苦手だし、冷たい飲み物は水滴でデスクが濡れるから好きではないが、その話をした覚えはない。

取り出し口にカップが出てきて、コーヒーが注がれ始める。隆康が会議に持っていくのだろうなと思った。

「冷や汗をかかせた詫《わ》び。じゃ、夜に」

「え」

そう言った隆康はエレベーターへと足を向ける。コーヒーはまだ注がれていて、はっとして早足で去る後ろ姿に声を掛けた。

彼は、奢《おご》ってくれたのだ。

「ご、ごちそうさまです。ありがとうございます」

振り返ることなく、隆康が右手を挙げる。そのまま会議室のある階まで階段で行くのか、非常扉を開けて消えた。

緩み始めた顔を抑えるために、菜々美は掌《てのひら》で額を押さえた。嬉しいと感じるこの心は、なんだろう。

「落ち着け……」

コーヒーを淹《い》れ終わったという終了の電子音が鳴った。

今日は取引先への訪問がなかったので、服装は襟ぐりが広めの濃いグリーンのセーター、グレーのワイドパンツに、黒の五センチのパンプス。

控え目なゴールドのピアスを付け、髪はざっくりとまとめていた。

もっと、お洒落《しゃれ》をしてくればよかったと落ち込む。

窓に映った自分を見つめた数秒後、菜々美は「あああっ」と震えた声を出した。

夜にあるのは、デートではない。アプリ使用の断罪だ。浮かれている自分を、誰か一喝して欲しい。

「姫の誤解だけは解かないと」

自分にミッションを課して、コーヒーを手に菜々美はデスクへと戻った。


隆康からの社内メールに添付されていた焼き鳥屋の地図を、自分のスマートフォンに送る。そのメールには隆康の個人の連絡先はなかったので、菜々美も返事に書かなかった。

このIT時代にアナログな現地集合という形になり緊張は増す。

万が一にも行けなかったり遅れたりしたらバラされるかもしれないという恐怖も相まって、夕方に近づくと胃がキリキリと痛んだ。

おまけに、約束の三十分前に着いた焼き鳥屋は、白の漆喰の壁に格子の引き戸という、なんとも上品な店構えだった。

四角行灯《あんどん》の看板のみの、メニューも出していない店の前に立ち竦《すく》む。

隣の人と席が近いと嫌だとか並べ立てた条件を隆康は覚えていてくれたのだろうが、上司に気遣わせ、店選びから予約まで任せてしまい、さらに胃が痛い。

財布の中身が急に心細くなり、コンビニでお金を下ろし、滅多に入れない大金を持っていることも緊張を高めた。

しかも、皆が憧れるイケメン上司に、処刑されるのだ。

なんだかよくわからない複雑な状況に、胃が痙攣《けいれん》して食事なんてきっと喉を通らないと思っていた。しかし、半個室の席で、菜々美は大きな声を出して口を押さえることになる。

「おいしい！」

出された料理は全ておいしくて、胃は心配なんていらないほど絶好調に動いていた。

ササミに梅肉とシソが乗った串は、中まで火が通っているのに、柔らかくて食べやすい。そして、日本酒に合う。

おいしい食事を前にすれば、図太い自分が登場するらしい。

「それは良かった」

目の前で隆康がビールをグラスで飲んでいた。イケメンの男らしい喉仏が上下するのを盗み見している自分を恥じつつ、菜々美はまた日本酒を飲む。

結局、店の前を何往復もしていたところを後から来た隆康に見つかり、引きずられるようにして、一緒に店に入った。

隆康の前では意識しないと『ちゃんとした』自分が出てこない。今更、取り繕《つくろ》っても無駄だとどこかで観念しているのだろう。

「で、なんであんなのを聞いてるんだ」

鳥皮の塩に七味をかけながら隆康がストレートに聞いてくる。目を合わせて聞いてこないのが、彼の優しさだ。

料理はコースを頼んでいてくれたので、頼まなくてもどんどん運ばれてくる。菜々美は振り返って、店員が来ないのを確認した。

「聞きたいから、聞いています」

「小学生の理由か」

隆康が眉根を寄せる。

自分の頑張りも、無理も、全部自分にしかわからないから。それを、人に理解してもらうのは無理だから。人に褒めてほしいと望めば、とても寂しくなるから。だから、アプリに言ってもらっている。

そんなこと、口が裂けても言えない。言うと思うだけでゾッとする。

菜々美は顎《あご》をぐっと上げて、言い返した。

「聞きたくないものは、聞きません。飲みたいものしか、飲みませんし」

隆康は最初、菜々美にビールを勧《すす》めてきた。それを丁重にお断りして純米吟醸を頼んだ。

「なら、食事をしたくない相手とは、しないってことか」

食べ終わった串を竹の筒に入れながら、隆康が聞いてくる。

そういうことになる、気がした。菜々美が逡巡《しゅんじゅん》する僅かな間に隆康は結論付ける。

「俺とは食事してもいいって、近内さんは思ったってことだ。光栄だな」

「だって、部長が人に話すって脅すから」

「近内さんは本当に嫌なら、どうぞ、バラしてください、と言いそうじゃないか」

「アプリを聞いてるのをバラしてくださいなんて言いませんよ」

菜々美は反抗的な上目遣いで隆康を見た。

「私は理由を答えましたよ」

「そんな理由なら、会社で話せば良かっただろうに」

確かにそうで、菜々美は言葉を呑み込む。

「理由は他にあるってことだ」

隆康がにやりと笑ったので、一瞬見惚《みと》れた。

端整な顔が眩《まぶ》しいくらい美しいのに、ウィットに富んでいて、さらに声までいいのだから反則のオンパレードみたいな人物だ。

余計なことを言わないよう、唇を巻き込むように口を閉じて黙っていると、隆康はビールのおかわりを頼んだ後、口を開く。

「俺は子犬が苦手だ」

「……は」

急に話題が変わって、菜々美は思わず聞き返した。

「話す約束だっただろう。近内さんが『理由』を話したら、俺も人に知られたくないことを話すって」

そういう話をしていたが、本当に教えてくれるとも思わなかったし、まさか子犬が苦手とは想像もしていなかった。

でも逆に信憑性《しんぴょうせい》がある気がして、菜々美はおずおずと聞く。

「理由というか、原因って……、聞いていいですか」

「ああ」

無意識に、菜々美は膝の上に手を置き、傾聴の姿勢をとった。

「小さな頃、抱いていたつもりだが落としたんだ。そのときの鳴き声が、こう、忘れられない」

柔らかい小さな身体を落としただけでもショックだったろう。キャン、と儚《はかな》い声で鳴かれてしまえば、小さな子どもなら硬直するほどに、つらかったはずだ。

「死んだとかじゃないんだが、トラウマだな。それから、子犬も小さな犬もだめだ。大きな犬は比較的大丈夫だが」

「優しいんですね」

表情を少しだけ硬くして、抑揚もなく淡々と話す隆康に、菜々美はそう声を掛けていた。彼に真顔で見返されてしまい焦る。

「上からで、すみません。子ども心に、壊してしまいそうで怖かったのかと思って。大事にしたい気持ちの裏返しですよね。そういう気持ち、その子犬には通じていたと思いますよ。動物の方がきっと人より優しいから」

社長の親族で、有能で、イケメンで、会社の中で抜群に目立っている。歩く姿はいつも自信に満ち溢れていて。そんな人の繊細さに触れれば、好きになってしまいそうだ。

——今、自分は、好きになりそうだとか考えていなかったか。

隆康とずっと目を合わせていたことに気づいて、菜々美は慌てて目を逸《そ》らした。

冷汗がたらり、と菜々美の背筋を伝う。

雲の上の人に好意を抱けば地獄が待っていると、気を引き締めた。

「優しいのは、慰《なぐさ》めてくれる『姫』だろう」

「そ、それ！」

菜々美は椅子から立ち上がる勢いで、隆康に対して前のめりになる。

「姫と呼ばれたいわけじゃなくて、私が好きなセリフを言うものを選ぶと、姫って呼ばれるだけなんです。私が姫になりたいとか、そんなのではないんです」

「野菜の巻き串をお持ちしましたー！」

姫を連呼していたところで、店員がコースの料理を持ってきて、菜々美はその場に沈み込んだ。

姫という言葉を絶対に聞かれた。恥辱と絶望から顔を上げることもできない。

忙しそうな店員が去り、死んだ目で顔を上げると、隆康が堪《こら》えきれないとばかりに笑っていた。

「タイミング、悪すぎだろう」

「だって部長が姫とか言うから……っ」

恥ずかしいのに、それでもトマトやアスパラを豚肉で巻いて焼いた串はとてもおいしそうで、泣きたいのか笑いたいのかもわからない。

「あと、近内さん、気を付けろ」

「へ？」

部長が自身の胸元を指している。恐る恐る、菜々美は自分の胸元を見た。襟ぐりの広いセーターの胸元が、前のめりになれば、どうなるか。

「紫の、見えてる」

「……もう、部長は私のお父さんかお兄さんって思うことにします」

じゃないと生きていけない。菜々美は息も絶え絶えに目を瞑《つむ》る。

濃い色のトップスを着るときは、濃い色の下着を身に着けることを密かな楽しみにしているのだ。よりによって紫の下着を着けていることまで知られてしまい、崩壊した精神はもう構築し直せない気がした。

「父か兄って、……他の選択肢はないのか」

「部長はアイドルで、私は通行人なんです……」

「なんだ、それは」

「お兄さんってことにしますから……。だから、アプリを聞かれても、下着を見られても平気……」

日本酒をごくごくと飲んで、熱々のトマト串を食べた。こんなにもショックで辛いのに、豚の脂《あぶら》をトマトの酸味がいい感じに緩和してくれて、とてもおいしい。

「部長、やっぱりおいしいです」

菜々美が憔悴《しょうすい》した顔で言うと、隆康は噴《ふ》き出した。

「わかったわかった。もっと食べてくれ」

隆康は串の皿を菜々美の方に寄せた。さらに、メニュー表を開いて日本酒の並ぶページを見せてくれる。

「この店は酒にこだわっているんだ。この日本酒はうまいぞ」

指差されたのは、聞いたことがない銘柄だった。各地に酒造会社はあるのだし、全ての銘柄は覚えていなくて当然なのだが、一杯の値段に目を剥《む》く。

「お値段から、おいしいのはわかりました」

隆康は頷くと店員を呼び、その日本酒を当然のように注文した。菜々美はお金を下ろしてきたとはいえ、お財布の中身を思い出し動揺する。

「部長、私のお財布が」

「奢《おご》るよ」

あっさりと言われて、菜々美は一瞬固まった。

「ぶ、部下の全員に奢《おご》っていたら、大変なことになりますよ」

「誰にでも奢《おご》るわけではないから問題はないな」

特別だ、と言われた気がするじゃないか。……いや、思い違いだ。頭の中がぐるぐるする。

どんな顔をしたらいいかわからないまま、次の串に手を伸ばした。

「そこはな、考えすぎずに、ありがとうございますって言っていればいいんだ」

隆康が呆れ顔で、メニューを元の場所に戻す。

「そうやって、いろいろ考えるから、癒しやストレス発散を求める時に誰の都合も考えなくていいそのアプリが必要なんだろうな」

「あ……」

そうかもしれないと思った。自分でも気づいていなかった部分を、そんなに親しくない隆康に言い当てられてしまう。

アプリだけでなく下着の色まで知られることになって、自分の気づかない心の動きまで曝《さら》け出した形だ。

菜々美は溜息を吐く。もう、何も隠すことなどない気がした。

「……私があのアプリを聞く理由は、寂しいから、かも」

隆康が息を呑んだのが伝わってくる。菜々美は場を変な空気にしないように、わざと明るい声で続けた。

「そんな気持ちを誰かに見せるのって、怖いじゃないですか。だから、ああいうもので自分を励ましているんだと思います」

他人に求めれば求めるだけ傷つく。社会人になって、そんな経験が増えた。

隆康は自分よりもずっとハードな局面で仕事をしているのだ。だからこそ、誰よりも冷静に周りを見ているし、滲《にじ》み出る覚悟は人を惹き付けるのだろう。

遠い人、というより、雲の上の人そのものなのだ。

菜々美が微苦笑を浮かべる中、隆康はビールを飲み干した。ぼんやりと、上下に動く男らしい喉仏を見つめる。

「自分の機嫌を自分で取っているんだろう」

菜々美は手に持っていたベーコンで包まれたアスパラ串を落としそうになる。自分が掲げているスローガンを言い当てられて動揺した。

「大事だと思う。それをきちんと実践できて他人に迷惑をかけてないなら、自分を褒めていいんじゃないか」

優しさが籠《こも》った低い声が、鼓膜だけじゃなくて心を震わせ、はっ、とする。

自分で自分を褒める、という発想がなかった。隆康の言葉が心に沁《し》みて菜々美は頬を赤く染める。

ほつれてきた髪を整えるように耳に掛けた。

「ありがとうございます」

菜々美の中にあった隆康への壁がなくなってしまった。崩れ落ちたというよりも、煙になって消えた感じだ。

それから隆康は自分から家族の話をしてくれた。家族全員どころか、親族全員が犬好きで飼っているらしい。

隆康は犬が苦手だから早くから一人暮らしをしていて、家族とは外で会うという徹底ぶりだ。

社長ももちろん犬が好きで、社長室のデスクには家族写真と犬の写真が飾ってあるという小ネタまで教えてもらった。

菜々美は自分が家族と暮らしていることを話した。家族の話をするのはあまり好きではないのだが、なぜか隆康には安心して話すことができる。

そんな楽しい時間はあっという間に過ぎた。

ちゃっかりと隆康に奢《おご》ってもらった菜々美は、店の前で隆康を見上げた。

「犬の散歩って、小さな頃の夢でした」

「糞《ふん》の始末がメインだろ、あれ」

すげない返事に菜々美は笑う。肩を竦《すく》めている隆康に、オフィスで見かけるときの超然とした雰囲気はない。

それでも、近寄りがたい雰囲気があるのは、きっと持って生まれたカリスマオーラのせいだろう。

隆康からじっと見下ろされて、菜々美は小首を傾《かし》げた。

「酒、強いんだな」

頭の中で、どれくらい飲んだかを思い出す。

「でも、日本酒を六杯だけですよ。一升《いっしょう》を空けたらさすがに、そこらで寝ていたと思いますけど」

コンビニの前の辺りを指差すと、隆康はしかめ面をした。

ワインや焼酎を挟めば悪酔いしたかもしれない。日本酒は菜々美に合っているようで、前後不覚になったことはないのだ。

「介抱なら喜んでしたのに」

「基本的に酔わないんです。私」

隆康は片方の口角を上げて笑むと、手首の時計を見る。つられて菜々美もスマートフォンで時間を確認した。

二十二時、解散にはちょうどいい時間だ。菜々美は空気を読んで、肩にかけたバッグの持ち手を押さえつつ、改めて彼に頭を下げる。

「ごちそうさまでした」

隆康は「どういたしまして」と言ってから、ふと空を見上げた。

都会の夜空はネオンの灯《あか》りに邪魔をされて星空までが遠い。濃紺色の空にぽっかりと浮かぶ三日月は、とても孤独に見える。

隆康と食事をしていなければ、きっとこの空を物悲しく感じただろう。でも、今は違う。温かく見えた。

菜々美は胸元を手で撫でる。とくんとくんと心臓が静かに高鳴っていた。

隆康のファンの一人になってしまったらしい。けれど明日からはまた、ただの上司と部下に戻る。

今だけはと菜々美はこの時間を刻み付けるように、同じ空を見上げた。


いい食べ物といいお酒は、モチベーションに繋がる。翌朝の多少のむくみには目を瞑《つむ》っても構わないほどの、気分の良さだ。

菜々美は書類の整理のために、資料室と書類保管庫を兼ねた部屋にいた。いくら資料や書類が電子化されているといっても、社印や印鑑がいる書類は紙での取り交わしとなるし、昔の書類を電子化するには時間がない。

書類保管庫では各部に鍵付きのキャビネットが与えられていて、大事な書類はそこにしまっていた。オフィス内は来客があることも多く、常にきれいにしておくよう決められている。

書類保管庫には、挨拶程度しかしたことのない他部署の男性社員がいた。

蛍光灯の灯《あか》りだけで光が入らない、圧迫される空間に二人というのはさすがに気詰《きづ》まりだ。

けれど、それをおくびにも出さずに黙々と仕事をする。

今日、課長の砂野から呼び出され、萌咲が担当している、菜々美が見積書の手直しを手伝った取引先を戻すと言われた。課長に直々《じきじき》にクレームが入ったらしい。

相手は話が通じる人のはずだ。一体何があったのか、短期間で担当を戻される身としては聞きたかった。

けれど、反対に課長から、何が問題だったのかを聞いてきてくれと頼まれてしまった。この間の見積書の一件といい、砂野は萌咲を特別扱いしている気がする。

萌咲は他力本願で、ちょっと弱々しくて可愛い。砂野はそういう彼女を見て、助けたいと感じているのかもしれない。だが、特別扱いを目《ま》の当たりにするのはしんどい。

入社して一人で解決する胆力を少しずつでも培《つちか》ってきた菜々美は、引き出し式のキャビネットを開けたまま、握りこぶしを作った。

気持ちを落ち着かせるために、資料を確認してきますと言ってここに逃げ込んだ。

取引先は戻ってきたが、代わりに他の担当が減ることもなかったから、単純に仕事が増えた。

菜々美は目を瞑《つむ》って、こめかみを押さえる。

昨日は隆康との楽しい時間のおかげで、褒め褒めアプリのお世話にはならなかった。だが、今日はたっぷりと浸《ひた》ることになりそうだ。

お気に入りに入れているセリフのどれにしようか、と考えていれば気持ちは幾分楽になる。外部に保管場所を移動する時期に慌てなくて済むように、後回しにしていた書類の整理もしていました、と言えば、一時間くらいは保管室に身を隠しても許されるはずだ。

開き直ったところでキィ、と重い鉄の扉が開いた音がした。

また誰かが来たのだなと思い、挨拶をしようと振り返る。

「……」

隆康がドアを閉めているところだった。なぜ部長がこんなところに用事があるのか、菜々美は瞬《まばた》きを繰り返す。

高い身長のわりに小さい端整な顔に、生真面目な表情を浮かべていた。ピンストライプのスーツに、上品な幾何学模様の紺のネクタイ、今日もとても洒落《しゃれ》ている。

この人と一対一で食事をしたのだ、と思うと感慨深い。

昨夜から菜々美の中で、隆康は遠くから眺めるアイドルではなく、会って話せるアイドルに格上げされていた。

もう二度と社外で二人で会うことはないと思えばこそ、昨日のありがたみが増す。

「鬼原さん。お疲れ様です」

菜々美より先に隆康に声を掛けたのは、一緒にいた男性社員だった。二人の話の邪魔をしてはいけないと、そのまま手元のキャビネットに目を移す。

「お疲れ様です」

「鬼原さんでも、探し物は自分でするんですね」

「大事なものだったら自分で探しますよ。その方が早い」

会話を盗み聞きしつつ、いい上司だなと菜々美の中でまた隆康の株が上がる。あれを探してきてというアバウトな指示をする人もいるからだ。

聞こえてくる話から、どうやら二人は上司部下の関係で同じプロジェクトの仕事をしていたらしい。

そして、男性が隆康とより親しくなりたがっているのが伝わってくる。

将来の役員候補とお近づきになりたいという前のめりの意欲が隠せていない。

隆康が無関心を仕事用の表情の下に隠して、相槌を打っているのがわかった。相手にはしているが、昨夜、菜々美が感じた親しみやすさはない。

性別問わず人気があるというのは大変なのだなと同情した。

隆康と話すことができたからか、男性社員は満足げな様子で資料室を後にする。

ドアが閉まった音がした後、二人きりになってから、菜々美は仕事の口調で挨拶をした。

「お疲れ様です」

どういう態度が正しいのかわからずに、菜々美は仕事用の微笑を崩さずに礼をする。プライベートとパブリックを一緒にするのを嫌う人もいるからだ。

だが、隆康の表情が皮肉げに歪んだ。それが蠱惑的《こわくてき》に見えて、続けて言うつもりだった昨夜のお礼の言葉を呑み込んでしまう。

「姫」

「ひっ」

ダメージの高い攻撃を受け、開けていたキャビネットに体重をかけてしまう。ガタッと不穏な音がして、倒れてこないかと怖くなって慌てて離れる。

資料室に誰もいないのを確認してから恨みを込めて隆康を睨《にら》んだ。彼は悪びれもせずに言う。

「黙っている約束はしたが、二人きりでの会話に出さない約束はしていない」

「屁理屈という言葉、辞書で引いてください」

菜々美は顔を両手で覆った。

会社で『姫』なんて呼ばないで欲しいと思いながら、胸が高鳴っている。これは、嬉しいという気持ちに近くて、昨夜の浮かれた気分が終わっていないことを痛感した。

この変化はとてもよくない。相手は雲の上の人なのだ。菜々美は心の中で呪文のように言い聞かせた。

「それに、昨日の焼き鳥は、残業をほぼ俺一人にやらせた貸しの清算だっただろう」

「……なんの話でしょうか」

隆康に褒め褒めアプリのことを黙る条件と、残業の礼を交ぜられたのをぼんやりと思い出した。

交渉だとか小難しいことを言っていたなと、げんなりする。

「『姫』は違うと説明しました……」

そう呼ばれて甘やかされることに慣れたくはない。自分は弱いから褒めボイスで安全に自分を満たしているのに、いつしか人に甘やかされることを求めたくなる。

菜々美は唇をそっと噛んだ。

一人で内心の変化に悩んでいると、隆康は内ポケットから紙のチケットを二枚出してきた。

「『姫』を黙っておくための条件」

「チケット、ですか」

憔悴《しょうすい》しながら彼が持っているチケットに印字されている字を読んだ。有名な少年漫画のタイトルが入っていて、それの舞台らしい。

「漫画を舞台化したものらしい。キャストに伯父の息子がいて、招待チケットなんだ」

人気の漫画はアニメだけでなく歌って踊る舞台にもなっているのは、菜々美も知っていた。

だが、それに出るのはまた別の話だ。

「キャストの親族って……。なんですか、親族の遺伝子に目立つとか優秀とかが組み込まれているんですか」

「遺伝子に組み込まれる……。ＳＦじゃあるまいし」

隆康は口元を手の甲で押さえて、笑いを噛み殺している。

菜々美はチケットをまじまじと見つめ、キャストの名前を読んだ。そして、姪からよく聞かされている名前を見つけて、上擦った声を出してしまう。

「この小柴恭司君《こしばきょうじ》、姪が大ファンなんです」

「従弟《いとこ》だからサインなら頼めるな。舞台に行けばの話だが」

上司とこれ以上プライベートで出掛けるのはよくないけれど、姪の喜ぶ姿が頭を掠《かす》める。

菜々美が悩んでいると彼はにこりと笑んだ。

「家族の招待席なんだ。伯父夫妻がどうしても行けないから、代わりに行ってくれと二枚渡された。誰かに譲渡はできないし、かといって男同士で鑑賞する舞台じゃないんだろう、これ」

「うーん」

漫画の内容的に、若手の俳優が多く出演する舞台だろう。少年漫画だけあってきっと男性の出演者が多いだろうし、それならば若い女性客が多いはずだ。

「だから、誘ってる」

「へ？」

目が点になっていると隆康の手が伸びてきた。彼はこぶしをつくっていた菜々美の指を解《ほど》き、チケットを一枚、手に握らせてくる。

隆康の熱い指に触れられて喉元がぎゅっと詰《つ》まる。心臓の音がどきどきと自分の耳に響いた。つい、当たり前のことを聞いてしまう。

「私をですか」

「他に誰がいるんだ」

平然と言った隆康は、書類保管庫を見渡して肩を竦《すく》める。彼とかなり近い距離であることを、今更ながら認識する。しかも、二人きりだ。

隆康は返事を待っているのか、じっと菜々美を見据えている。その圧は菜々美が行くと返事をするまで続くように思えた。

「……例の件を黙っておく条件として、お誘い頂いているのだとは思うのですが」

強い視線から逃げるために顔を伏《ふ》せる。

「私が部長と出掛けていると言い触らしたら、困りませんか」

一人の部下を特別扱いするのはどうだろうか。きっと、この漫画のファンの人はいるだろうし、喜んで付いてくる人も男女問わずいる気がする。

隆康は口元を自嘲気味に歪めた。

「この漫画、読んだことあるか」

「読んだことはありませんが、犬神、の生まれ変わりが主人公で、いろんな犬の眷属が出てくる……、あ、まさか、子犬だけでなく、犬モチーフが全体的にやんわりと苦手」

「そうだ」

隆康は腰に手をやって、盛大な溜息を吐いた。それは生きにくそうだと、菜々美は同情を禁じえない。

「伯父が何も言わずによこしてきたんだ」

俺はこの漫画を知らなかったからと、苛立ちを浮かべて付け加える。

「一人で行くこともできるが、空席を作りたくない」

身内やファンならではの視点に、なるほどと頷いた。舞台やコンサートに行くほどの『推し』がいないので、そういう考え方があるのを初めて知る。

「それに犬が出てきて、俺が硬直したら可哀想だろう」

「舞台に本物の犬は出ないと思うんです」

「苦手っていうのは、そういうのを超えるんだよ」

人の弱みを知るのも善し悪しだ。できる範囲でなら助けになりたいと思ってしまう。

菜々美は天井を見上げてから、観念した。

「ご一緒させて頂きます」

「助かる。サインはもらえるように伝えておくよ。ありがとう」

ただでさえ耳に心地よい隆康の低い声。それに感謝の気持ちが籠《こ》もっていて、声音が温かく胸に広がっていく。

アプリを聞くことでしか得られない、身体が心地よく緩む感覚に包まれた。

至高の瞬間を、上司の生声で会社で味わっている。これは、いけない。

「あ、そうだ」

自制していると、話しかけられる。

「俺と出掛けたと言い触らしても、構わない。――むしろ、助かる」

少しの間の後に隆康の意図を汲《く》み取って、菜々美は表情を曇《くも》らせた。

「人を『虫よけ』みたいに使わないでください」

「そんなつもりはないけどな」

隆康は秘密を明かし合った同士として親しみを持ってくれているだけだろうが、自信に満ちた男前に優しくされれば、恋愛に遠ざかっている自分のような人間でも、気持ちは揺らぐ。

けれど、このまま社内で噂になっても大丈夫なような、鋼のメンタルなんて持っていない。

仕事用の壁を維持することが難しくなってきていると気づいて、菜々美の表情は自然と厳しくなった。


舞台に一緒に行く話をしてから隆康と話すことはなかった。彼は部長で、仕事で関わることもないのだから仕方ない。これまでと同じだ。

ただ、約束をしているのに連絡がないのは困った。チケットは隆康に返していて手元にない。

ネットで公演日を確認すると公演期間は一週間であった。

日付も時間もおぼろげになってきているのだが、たぶん明日だと思う。

資料室で連絡先を交換したのだから、待ち合わせについて軽く聞けばいいのだがそれだけの行為もハードルは高い。

ハイスペックな隆康が自分を誘ったことを、いまいち信じ切れていないせいでもある。

連絡をしてみて『本気で受け取ってたか』なんて態度を取られてしまえば、翌日は出社拒否する自信があった。

『姫、今日もお疲れ様でした。湯浴《ゆあ》みの準備は整っております。今日は薔薇の花びらを浮かべてありますので、ごゆっくりおくつろぎください』

イケメンボイスがイヤホンから流れてきて、菜々美のうだうだと考えていた心はふわりと蕩《とろ》ける。

家のバスタブにお湯を張って入浴剤を用意するのは自分なのだが、全く問題はない。

こうやって妄想と現実を繋げることで、さらなる充足感が生まれるのだ。アプリ使用歴の長さをなめるなよと思いながら、薔薇の香りのする桃色に近い乳白色の入浴剤を湯に溶かす。

『本日の保湿も薔薇の香りでご用意致しました。姫の美しい肌にはこれが一番ですね』

このアプリを聞いて買った薔薇の香りのボディクリームもバスルームに持ってきていて、準備は万全だ。

髪や身体を洗い終えてから、菜々美は防水イヤホンを付けて湯船に浸《つ》かった。完全防水ワイヤレスで、風呂でしか使わないのに大奮発をしたのだ。

親に聞かれてしまえば、男っ気のない娘がおかしくなったのかと、痛ましい顔で見られるのがオチだから、音を鳴らすわけにはいかない。

隆康の言葉にときめく回数が多くなってこのままでは彼に依存してしまうと焦りを感じ、褒め褒めアプリの使用頻度を上げた。

今までは寝る前や料理中だけだったのにバスルームでも聞くようになり、プライベートはほぼ褒めアプリとともに過ごしている状態だ。

現実の人間からの言葉を待ってはいけない。

自分の頑張りはボイスに褒めてもらう、というスタイルに戻したかった。

この二週間でなんとかその成果が出つつある。

『姫は本当にいつも頑張っていらっしゃる。ゆっくりと身体を休めてください』

本当に、今日は頑張った。

聞きながら菜々美は肩まで湯につかって、大きく息を吐《は》いた。

疲れた理由はひとつ。今日は萌咲から担当を戻された取引先を訪問してきたからだ。

菜々美が挨拶をすると、温和だと思っていた担当者が口調こそ穏やかだが盛大に愚痴り出した。

それは聞くだけで胃が痛くなるものだった。

萌咲は電話での敬語も怪しいが、取引先に来るとほぼタメ口だったそうだ。担当者が穏やかな人物だと判断するや否《いな》や、態度が横柄とも思えるものになったらしい。

私に言われても、という言葉をぐっと呑み込んで、何度も謝罪をしたのだ。

思い出した菜々美はイヤホンが濡れないぎりぎり、口元までお湯につかる。

菜々美は帰社してすぐ、自分の前任者である篠田をつかまえ休憩スペースに連れ出し相談した。

すると思いもよらぬ話が出てきた。

『担当の橋本《はしもと》さん、ニコニコ鬼だからね。近内さんはさ、俺の目から見てもよく頑張ってて、だから橋本さんも優しかったんだと思うよ。とはいえ、キツイやり直しもさせられてたでしょ』

覚えがない菜々美が思い出そうとしていると、篠田は苦笑を向けてきた。

『ほら、いい感じで気にしないでしょ。キツイことを言われても、素直にやり直してたじゃない。俺にも何度も頭下げて聞きに来ていたし、書類保管庫で前までの契約書の内容、全部見直しをしたり、同じような契約しているところの勉強だってしていたよ』

『私、新人でしたし、指摘をされて当然だと思っていましたので……』

『そういう前向きな根性が、橋本さんの好み』

根性っていうのも古い考え方かもしれないけどね、と篠田は言う。

確かに、指摘をされればすぐに手直しをして持って行った。説明を求められれば、他に聞かれそうなところも含めて確認をし、資料を持って訪問をしていたのは事実だ。

『まぁね、そりゃそうだよ。だからこそ近内さんの無意識にさ、橋本さんに勉強させてもらったことは残っていたんじゃないの。だから、わざわざあの子が作った見積書を見直したりしたんでしょ』

篠田が言うあの子とは、萌咲だ。思いもよらぬ指摘に瞬《まばた》きをした。

なぜ、萌咲の作った書類があんなにも気になったのか。手を出してしまったのか。その答えが無意識のところにあったのなら……

思い出していると、いつの間にか褒め褒めアプリは止まっていた。せっかくの癒しの時間に集中できなかったことを悔やむ。

篠田が言うには、橋本が菜々美に良くしていたのは、新人ながら懸命にやっていたからだ。

ならば、橋本の目に、萌咲は懸命に仕事をしているようには映らなかったということになる。

取引先から上司である砂野への不満も打ち明けられて、どう報告するかの悩みが深くなった。

砂野は数年前から課長なので、橋本の菜々美への態度を見て、萌咲に担当を任せることができると判断をしたのだろう。

萌咲だけでなく、砂野への不信も高まっていますよ、なんて菜々美の口から言うには荷が重すぎる。

溜息を吐くよりも、聞くイケボイスを選ぶことにした。自分がコントロールできないことで悩んでも仕方ない。ここはアプリに頼って気持ちを逸《そ》らしてもらおう。

真剣に選んでいると、イヤホンからメッセージが入ってきた音がする。後にしよう、とアプリ選びを優先させていると、着信音が何度も響く。

それでも無視をしていると、次は電話が鳴った。

着信の画面に、『部長』と表示されたのを見て、スマホを湯船に落としそうになる。

出るか、出ないか。今出なければ、後で自分から掛け直さなくてはいけない。かといって、お風呂の中で電話に出るのは、気持ち的に恥ずかしい。

いろいろ考えている内に電話が鳴りやみ、菜々美は大きな安堵の息を吐《は》いた。

すると、また電話が鳴り出して菜々美はびくりと身体を震わせる。

「ああ、もう」

この感じだと、きっと出るまでかかってきそうで、菜々美は電話に出た。

「お疲れ様です。近内です」

『夜に悪い。今、会社か』

隆康と電話で喋るのは初めてだ。耳のすぐそばで聞こえる彼の低い声はイケボイスの何倍も良かった。肌が一気に震えを帯びて胸が高鳴ってしまう。アプリではここまでなったことがない。

悪いと詫《わ》びながらも、口調はどこか憮然《ぶぜん》としているが、気にしている余裕はなかった。

お風呂だとバレやしないかと菜々美はそわそわして落ち着かない。動けばお湯が波立ち水音が立つので、焦りから声も硬くなった。

「もう帰っています。家です」

『彼氏の家か』

尋問のような問いに、菜々美は目を瞬《またた》かせて言葉を詰《つ》まらせる。

「彼氏はいません。今は、自分の家というか、両親の家ですけど……」

菜々美の戸惑いが伝わったのか、隆康は口調を幾分か和《やわ》らげた。

『今日、帰社してから様子が変だっただろう。何かあって、それでまだ残っているかもしれないと思って電話したんだ』

取引先から帰社してからの自分の様子を見ていた、ということだろうか。なんだかむずがゆい気持ちで菜々美は口を開いた。

「篠田さんに話を聞いてもらったので、大丈夫です」

『そうか』

隆康はまだ会社なのだろうか。上司がここまで気にかけてくれるくらいに様子が変だったのであれば、態度を改める必要がある。菜々美は唇を引き結んだ。

『大丈夫ならいいんだ。手に負えないようであれば、俺にも相談して欲しい』

隆康は、厳しく見えてフォローをしてくれる上司なのだ。

甘やかされるのに慣れると、そこから抜け出すのが大変だ。優しくされて特別扱いされているのだと勘違いをして、勝手に恨みを抱く人間にはなりたくない。

「ありがとうございます。そのときはお願いします」

『あまり抱え込むなよ。心配になる』

心臓が跳ね上がった。

これ以上に心配されてしまえば、この優しさを好きになると確信できる。

『用件はもうひとつ、明日の待ち合わせの時間の件で』

急に出掛ける話になって、鼓動が速くなる。湯船に浸《つ》かったまま、裸で電話を続けることになりそうで、一瞬気が遠くなった。

悟られまいと態度は硬くなる。

『サインも頼んでいるんだが、当日は無理そうだ。後日に渡すことになるから……』

「覚えていてくださったんですね。従弟《いとこ》さんもお忙しいでしょうし、無理ならばいいので気にしないでください」

『姪がファンなんだろう』

「その話は彼女にしていないので、大丈夫です」

菜々美の丁寧だが突き放すような口調に気づいたのか、隆康が黙って間ができる。

これで彼が気を悪くして、約束はないことになるかもしれない。それでまたいつもの日常が戻ってくる。望みどおりのはずなのに、想像しただけで気持ちがずんと沈んだ。

隆康は褒め褒めアプリのことは黙っていてくれるだろうし、何も問題はないはずなのに苦しい。

『誘っておいて連絡をしなかったことは謝る。言い訳にしかならないが、ちょっと仕事でゴタゴタしていたんだ。……機嫌を直してくれないか』

なぜだかわからないが、気にしてくれている。それを嬉しく思うと、声は自然と柔らかくなった。

「最初から怒っていません」

『そうか』

隆康は安堵したように、待ち合わせの時間の話をし始める。

ここにメモを取るところがないので一生懸命覚えておこうとすると、後で日時のメッセージを送ってくれると言ってくれた。

こんなに気が利《き》く人ならば彼女くらいいるだろうに。そう初めて考えた自分に、菜々美は愕然《がくぜん》とした。

隆康には彼女がいないことを前提に考えていたかもしれない。雲の上の上司と距離が急に近くなって、そこに気が回っていなかった。

彼女がいるのなら頻繁に別の女と出掛けるのはよくない。

「あの、部長。今更なのですが、お付き合いしている方はいらっしゃらないんですか。いるのなら、その人を誘うべき……」

『いたら誘わないだろう、普通に』

心底呆れ返ったような声は、彼女がいないことを告《つ》げていた。

でも、簡単には信じられない。隆康はフリーだと信じたいだけな気もする。

イヤホンから聞こえる声だけでは、情報が少なくて何も測れない。

「そういう近内さんこそ、いるんじゃないのか」

『だから、いないですってば。私はアプリのイケボイスに癒してもらっている身ですよ』

彼氏がいると誤解されたくない気持ちと一緒に身体も動き、水音が立つ。ここがお風呂であることがバレると焦ったが、杞憂《きゆう》だった。

『アプリのイケボイス』

隆康が電話の向こうで声を押し殺しながら笑っていた。

明日はどの服を着て行こうか、そんなことを考えるのはいつぶりだろう。できるだけお洒落《しゃれ》をして出掛けたい。

菜々美は肩までお湯につかったまま、隆康と他愛《たあい》のない話を続けた。

2

幸か不幸か舞台に行く日は他社への訪問がなく、しかもカジュアル推奨日だった。

菜々美はクローゼットを開けて、掛かっているスーツを横へ移動させる。

悩んだ末、選んだのは太腿まで隠れる派手すぎない赤のニットと、茶色のレギンス。アウターは黒で、それに合わせてパンプスは黒の五センチのヒールを選んだ。ピアスは小さなゴールドのシンプルなもの。化粧はいつもより自分なりに念入りにした。

髪は空気を含ませたような、ふっくらしたお団子風のまとめ髪にする。夕方の化粧直しのときにも簡単にやり直せるからだ。

気合を入れていると思われる一歩手前、のつもりだった。

「あれ、今日は誰かとどっか出掛けるの？」

コピーを取っていると、コーヒーを注いでデスクに戻る途中の亜子に声を掛けられた。

力を入れすぎたかと内心で焦りながらも、取り繕《つくろ》った笑顔で対応する。

「大学時代の友人と、飲み」

「男とデートでしょ」

亜子は首を傾《かし》げながらも断定口調で言って、コーヒーを口に運んだ。

一緒に出掛ける隆康は男だが、断じてデートではない、はず。

コピーした紙の端をとんとんと揃えながら、どう追及を逃れようかと考えつつ、困った顔を作った。

「なんで、そう思うの」

「挑発的な色だから」

やばいと思う。根本的な服選びを間違えたらしい。

仕事を抜きにして異性とどこかへ行くのが久しぶりすぎて、力加減がわからなかったのは事実だ。

「赤がダメってこと？」

「菜々美の性格上、フェミニンで攻めないでしょ。防御も攻撃もどっちもいける赤と黒を見て、男かなと思っただけ」

人からの印象は自分の思っているものと随分と違っているものだから、ためになる。

彼氏いない歴が半年以上続かないという亜子の恋愛嗅覚は優れているはずだ。

菜々美は変に取り繕《つくろ》うのをやめて、亜子に向き合った。

「ご想像にお任せします」

「男な気がするんだけどなぁ。その服、とっても似合っているけど、私のコンパには、攻めない感じでよろしくね」

隆康といろいろあったせいで、飲み会で亜子のコンパに行くと約束していたことをすっかり忘れていた。

そんなのはわかっていたとばかりに、亜子は気にした様子もない。

「忘れてても大丈夫。何度でも思い出させるから。今月中には、絶対に落としたいからよろしくね」

異性に興味がないからこそ、亜子にコンパに誘われたのだと再認識した。

もう少し世間話をした後、菜々美もデスクに戻って椅子に腰掛けた。

そして、自分の赤いニットを見下ろす。

気合を入れていると隆康に思われたら、死ぬほど恥ずかしい。いや、もう恥ずかしい部分は見せすぎているのだが。

マグカップに淹《い》れたハイビスカスティーを口にする。ティーバッグを浸《ひた》したままなので、随分と酸味が出ていて、その刺激で気分が仕事に切り替わった。

着替えに帰る暇はないのだから、仕方ない。

仕事にとりかかろうとすると、篠田がデスクのそばで足を止めた。手にバッグを持っているところを見ると、取引先から帰社したところらしい。

「砂野さんにあの件、報告した？」

菜々美は一瞬だけ萌咲に視線をやる。特に落ち込んだ様子もない彼女を見て、小さく嘆息した。

取引先の橋本から言われたことを、できれば砂野に報告したくない。だが、そういうわけにもいかない。

菜々美はマグカップを両手で包むように持ち上げた。

「今日、時間を作ってもらいました」

「聞いたところで砂野さんが動くとも思えないけどね。動いたとしても引っ掻《か》き回すだけだろう」

篠田の珍しく切り捨てるような口調に、菜々美はびっくりする。

「手厳しいですね」

「そうかな。じゃ、何かあったら相談してね」

いつものような柔らかい雰囲気に戻った篠田は自分の席へと向かった。

砂野に時間を作ってもらったのは午後だ。

それまでにいくつかの資料を作り終えておきたいし、取引先のファイルも整理したかった。

勝手に憂鬱《ゆううつ》な結果を想像して落ち込んでいるのは時間の無駄だ。

パソコンの画面に向き合うと、ふと視線を感じた。引っ張られるようにその方向に顔を向ける。

オフィスの窓を背にする部長の席に座った隆康が、電話をしながらこちらを見ていた。

心臓が大きくひとつ跳ねる。

今夜、一緒に出掛けるのが気になりすぎて意識をしているだけだ。

そう頭では理解をしているのに、目が離せない。

すると、隆康が僅かに口元を綻《ほころ》ばせた、気がした。その自然な笑顔に菜々美の鼓動がますます速くなる。

ピロン、とスマートフォンからのメッセージを知らせる音に、菜々美は我に返った。

そわそわしながら、スマートフォンを手にする。仕事の連絡がきたのだろうと、難しい顔でメッセージを確認した。

『その赤、似合ってる』

「わっ」

隆康からのメッセージだった。その内容に、動揺で手から滑ったスマートフォンが、ゴッ、と机の上に落ちる。

振り返ってしまえば、隆康の思うツボ、つまり負けだ。

こんな言葉をさらっとメッセージで送れるあたり、海外帰りは人を褒めるのに慣れているのだろう。菜々美はアプリに褒めてもらうので精一杯だ。

無視するのも憚《はばか》られて、素早くメッセージを返す。

『仕事中です』

『目が離せなくなったから、しょうがない』

すぐに返ってきた返事の意味を考えるのに数秒。すごく、褒めてもらっていないか。

簡単にそういうメッセージを送れるからこそ、同性異性問わずに人気があるのだろう。

誰にでも、こんなに優しいのだろうか。菜々美は眉間に思い切り皺を寄せて画面を見つめた。


昼休みが終わると砂野から声を掛けられ、そのまま応接スペースを兼ねた、四人掛けの机がある小さな会議室に入った。

促《うなが》されて、橋本から言われたことをオブラートに包んで話す。

かなり気を使って伝えたのだが、萌咲に関する砂野の返答はあっさりとしていた。

「そういうところがあるよね。あいつは」

部下を「あいつ」呼ばわりしながら、腕を組んで背もたれに背中を預けている体勢を崩さないことにも驚いた。

自分が聞いてきてくれと言ったのに、あまり興味がないような態度が菜々美を不安にさせる。上司としての対応を期待していたが、どうやら無理そうだ。

「それが可愛いところなんだがな。橋本さんとは気が合わなかったんだろう」

それは違うと、言いかけて止《や》めた。本当に礼儀を欠いたかを萌咲に確かめるのが先で、可愛いとかの問題じゃないと言ったところで、聞いてくれそうにない。

「ほら、近内さんは仕事のセンスがあるじゃないか」

「センス」

思わず繰り返した。何を言われているかわからない。

センスを求められるような仕事はしていない、と思う。それは、プログラマーやデザイナーに当てはまることじゃないだろうか。

契約はすでに結んであって、それを継続しているのだ。確かに更新のときに古くなったハードや、ライセンスが切れたソフトがあった場合は、契約内容を変える。そのときに少しは売上に貢献できるような提案もした。けれどそれは、センス云々の話ではない。

目が点になっている菜々美の前で、砂野はがりがりと頭を掻《か》いた。

「あいつはクリエイティブなアプリ開発チームが合ってるんだろうな。異動願を出すあたり、自分の適性がわかってるんだろう」

「でも、与えられている仕事には取り組まないと……」

まっとうなことを言ったつもりだった。けれど、砂野の面倒くさそうな顔に、菜々美の心は重くなる。

「近内さんみたいにさ、皆ができると思ったらダメなんだよ。できない奴にはできる仕事を与えるしかないんだ」

それを言ってしまえば、こなすことができる人に仕事が回ってくる。

皆、余裕のある仕事の持ち方はしていない。それを直属である上司の砂野はわかっているはずだ。

菜々美が愕然《がくぜん》として無表情のまま黙ってしまうと、砂野は話は終わったとばかりに立ち上がった。

「そういうわけで、よろしく」

会議室は一時間で押さえたが、話は十分で終わった。

萌咲に担当を戻すためにどう教育していくか、そんな話が出るかもと期待したのは浅はかだったのだ。

一度、ドアノブに手を掛けた砂野が、菜々美を振り返る。

「あ、この会議室、使わせてよ。一時間、取ってたよね」

「どうぞ」

菜々美は立ち上がり砂野に会釈すると、手帳を手に持ってさっさと会議室を出た。そのままデスクに戻らずに自動販売機がある休憩ブースへ直行する。

先日来たときと違って、人が何人かソファに座って休憩をしていた。

菜々美は手帳に挟んでいる小銭でいつもは絶対に買わないココアを買う。空いているソファに座り手の中で缶をころころと回した。

「センスね」

ぼそり、と呟いてから窓の外を見た。

雲ひとつない素晴らしい晴れで、散歩できたら気分転換になるかもしれないと思ったが、できるわけもない。

隆康ならどういう対応をしてくれただろうと想像してしまう。

菜々美の残業を『自分の責任だ』と言って手伝ってくれたのが部長で、元凶を放置するのが課長とは、なんだか変な構図だ。

ココアの缶をぎゅっと握りしめた。

仕事においても信用ができる隆康に対しての気持ちが大きくなっている。行きすぎた好意を持ってしまっては、仕事にどんな支障が出るかもわからないのに。

モヤモヤを出すように息を吐《は》くと、思ったより大きな溜息になった。


今日の公演のチケットは完売したらしい。当日券ブースには『完売』の貼り紙があった。

それだけ人気の舞台を観ることができると思えば、会社であったいろいろな問題は一瞬だけでも忘れられる。

「悪い、遅れた。入ろう」

待ち合わせ時間の三十分後、開演十分前。早足で待ち合わせの劇場前まで隆康がやってきた。ちゃんと早めに連絡をもらっていたので、近くのコーヒーショップで時間を潰していたため問題はなかった。菜々美も会場に来たのはついさっきだ。

隆康はごく自然に菜々美の手を握り、引っ張るように招待者入場口に向かう。

「ぶ、部長っ！」

いきなり手を掴まれてびっくりして抗議の声を上げたが、隆康は前しか見ていない。長い足で早足で歩かれれば、菜々美は小走りになった。

走ってきたのだろうか、隆康の手が熱い。その熱が伝わってくるからか、心臓が早鐘を打つ。

入場口でチケットを見せるところで、手を放してくれた。

「手、冷たいな」

「その前にですね」

手を握るとか止《や》めてくださいと言いかけて呑み込んだ。それを言ったら、何か関係が変わってしまうような気がする。

菜々美は開演五分前で人の少なくなったロビーを見渡した。

「もう席に着いた方がいいと思います」

なんの問題もないという顔をして、劇場のドアを指差す。

「それはそうだな」

隆康が劇場への重い扉を開けてくれた。彼はこういう自然なレディファーストに慣れているかもしれないが、菜々美は違う。

女扱いされた動揺を心の奥に押し込めて、礼を言って先に入ったが思わず足を止めた。全ての席が埋まっており、その座席に座っている後ろ姿から、客層がほぼ若い女性だとわかった。

想像はしていたが、実際に目にするとぎょっとしてしまう。

ぎりぎりで入って正解だったかも、と思った。注目とまではいかなくても、隆康は見目もいい上に男性だ。ちらちらと視線をたくさん感じたはずだ。

「見事に女性客ばかりだな」

「若手男優の、かっこいい子ばっかりが出演しますもんね」

チケットに示された席へと、緩やかな階段を下りていく。布張りされた床のおかげでヒールの音が響かない。

端の席だったので、菜々美が奥に隆康が端に着席する。

「自分より若い男が好みか」

幕が上がるブザーと隆康の声が重なり、菜々美の耳には届かなかった。

「ごめんなさい。聞こえませんでした。もう一度いいですか」

「……いや、いい」

静かになったせいで隆康が耳元で囁《ささや》いてきた。耳に息がかかり、ぶるっと菜々美の身体が震える。

「ち、近い！」

小声で抗議して隆康を見ると、正面を見たままにやりと笑っている。からかうにもほどがあると、肘掛けに置かれた彼の腕を軽く叩いた。

それでも笑んだままの隆康に諦めて、菜々美も舞台に向き直る。

暗い舞台にパッとスポットライトが当たり、舞台が始まるとそんなじゃれあいも忘れた。

まず、キャスト全員が犬の耳を付けているのには度肝《どぎも》を抜かれる。

生の声、舞台を踏む音や、息遣いさえも聞こえている。視覚以外も刺激される演出にどんどんと引き込まれていた。

原作を知らない、というのも良かったのかもしれない。

少年漫画特有の友情を大事にする物語は、涙と笑い、そして歌とダンスで引き込まれた。

若手が多いということもあって、演技に拙《つたな》さも見えたが、それを上回る生気と情熱が伝わってきた。

あっという間の二時間で、素直に全てを吸収できた満足感にほぉっと息を吐《は》く。

舞台の余韻に浸《ひた》っていたが、幕が下りて人が立ち始めたのにハッとする。端にいるから早く席を立った方がいい。

そう話しかけようと横を向くと、隆康と目が合った。いつからこちらを見ていたのだろう。

「……私、変な顔、していました？」

「いや、全然。行こう」

隆康はふっと笑って座席から立ち上がった。

隆康は周りが女性ばかりなのもあって、頭二つ分は背が高い。案の定、ちらちらと見上げられている。

それはそうだろう。長身で引き締まった体形を上質なスーツに包み、おまけに顔立ちもきれいなのだ。

褒め褒めアプリにもこういうイメージキャラがいた。これで眼鏡でも掛けていれば、あのアプリのユーザー達のストライクゾーンに入るに違いない。

注目されている隆康から距離を取りたくても、隆康は頻繁に立ち止まって振り返ってくる。混雑している中、まぁまぁ邪魔な存在となってしまうので諦めた。

劇場のロビーに出ると、入る前とは違って人でごった返していて、それぞれの手にはパンフレットや、客同士で事前購入でもしたのかお揃いのグッズ販売用トートバッグがある。

「舞台、本当に良かったですよね。この興奮状態だと私もパンフレットを買ってしまいそう」

にこにこと隆康に話しかけたが、ほぼ無表情の彼に菜々美は青ざめた。

すっかり舞台に魅せられて忘れていたが、彼は犬が苦手なのだ。

「あ、もう出ましょうか。あちらこちら、犬のイラストばっかりで落ち着かないですよね」

大の大人が倒れることはないだろうが、気分の悪さが明日に響けば、仕事に支障をきたすかもしれない。

慌てて隆康の腕を掴んで外へと引っ張ろうとすると、彼は口を押さえて笑い出した。

きょとんとする菜々美の二の腕を、隆康は親しげに軽く二度ほど叩く。

「心配してもらえて嬉しいよ。舞台も楽しんでもらえて、伯父夫婦も恭司も喜ぶ」

今、隆康はまなじりに指を添えて涙を拭《ぬぐ》った。そんな笑われるようなことを言っただろうか。

前科がいろいろあるだけに落ち着かない。

「面白かったとお伝えください。——部長は犬の舞台でしたけど、大丈夫でしたか」

「ああ、近内さんが来てくれたおかげで楽しかった」

役には立てたらしくて安心していると、隆康が顔を覗き込みながら手を握ってきた。

「な……っ」

「近内さんを、デートに誘っていいかな」

隆康は間違いなくデートと言った。菜々美がこれ以上ないほどに目を見開くと、隆康は手を放してくれる。

意識するなと思えば思うほど、頭は混乱するし心臓が鼓動を速めて胸が痛い。

「週末、恭司の家にサインを受け取りに行くから、付き合ってくれないか」

直接、小柴恭司君の家に行くのかと言いかけて口を両手で押さえた。ここには彼のファンがたくさんいるのだから不用意な発言はよくない。

芸能界で活躍する人の家にお邪魔するのを誘われているのに、隆康にデートと言われたことで頭はいっぱいだった。

低くて心地よい声で誘われて身体も熱い。菜々美は赤いニットの首元を掴んで、風を入れるためにパタパタとさせた。

隆康は社長の甥で、部長で、自分は端っこの方にいる部下だ。断った方がいいのはわかっている。

だが、口は勝手に動いていた。

「お邪魔してよければ……。私がお願いしたことですし」

「その後――」

隆康に真剣な目で見つめられて、気が張り詰《つ》めて喉が渇く。

そのとき、菜々美のお腹《なか》がぐぅぅ……と大きく鳴った。

なぜ、こんなときに、と血の気がすぅっと引いていく。恐ろしくて隆康の顔を見ることができず、俯《うつむ》いてしまう。

舞台の前に飲み物は飲んだが食事は取らなかったせいで、身体が栄養を欲しているのだろう。お腹《なか》が鳴るのは人として正常なものと理性ではわかっていても、恥ずかしいものは恥ずかしい。

どうしてこうまで隆康の前では、やらかしてしまうのだろうか。

隆康は聞こえないフリなどせず、笑みながら言ってくれた。

「食事をして帰ろう。何が食べたい」

今日はまだ何かしでかしてしまいそうだ。これ以上の失態を見せる前に帰りたい。

「またの機会に……」

菜々美が悄然《しょうぜん》と項垂《うなだ》れながら言うと、隆康は首を横に振った。

「腹が空きすぎると具合が悪くなるぞ」

確かに、空腹で満員電車に乗って貧血のような症状が出ても嫌だ。

「なら、ラーメンと餃子、小ビールが食べたいです」

「ビールは飲み物だろ」

食べるよりも穴があったら入りたい気持ちなのだから、小さな言い間違いは勘弁して欲しい。

菜々美が力なく隆康を見上げると、彼は頭をぽんっと軽く叩いてきた。

「……っ」

親しげなスキンシップのくすぐったさに震える。

「可愛いな」

髪をアップにして無防備なうなじに隆康の指が微かに触れて、情けないくらいに硬直した。

褒め褒めアプリの甘い言葉はいくらでも聞けるのに、現実では固まってしまい喜べない。脈が乱れて息苦しいばかりだ。

「俺の家の近所にうまい中華の店はあるが、それはまた今度行こう。今日はこの近くでいいかな」

独り言《ご》つ隆康の後ろを付いていきながら、彼が触れたうなじをそっと撫でた。まだ、熱を持っている気がする。

イケボイスを使っての妄想で自分の機嫌を取ってはいるが、現実にだって重きを置きたい。

こんなことが続けば、隆康に上司以上のものを求めるのは時間の問題だ。彼が警戒心を持ってくれればと期待を込めて、菜々美は上目遣いにねめつけた。

「そんなことを言ったら、私、部長の家にお邪魔しちゃいますよ」

「いつでもどうぞ」

魅力的な笑顔であっさりと受け入れられて、自分の方が焦ることになった。

モテる隆康に自分が相手にされているのは、秘密を共有したからだ。異性自体から遠ざかりすぎて、男女の友情の距離感はどれくらいなのかもわからない。

それならばと、攻撃は最大の防御と強がってみる。

「じゃ、週末はお邪魔しますから」

「部屋を掃除しておくよ。——デートだし」

デートに誘われたことを、お腹《なか》が鳴ったことですっかり忘れていた。

隆康に簡単に言い返されて、墓穴を掘ったことに菜々美は頭を抱える。

「冗談です……」

力なく呟いたが劇場の喧騒《けんそう》にかき消され、隆康の返事は聞こえなかった。

劇場から出ても、出入り口の人の多さは大して変わらない。隆康ははぐれないように、歩くスピードを合わせてくれている。

隆康に熱を上げている女子社員は全員、こんな風に優しくしてもらったのだろうか。

彼とちゃんと話したのはあの残業の夜が初めてだった。こんなに仲良くしてもらう理由が思い当たらないから、悩みは深くなる。

そんな気持ちのまま入ったラーメン屋のテーブル席は、仕事帰りのサラリーマンで満席だった。

肩がくっつくほど距離が近くなるカウンター席に通されたものだから、気を紛らわせたくて中ジョッキの生ビールを頼んでしまう。

隆康と二人でビールを飲みつつ同じ皿から餃子を取って食べる。

まるで、付き合っているみたいじゃないか。

そんな妄想が浮かぶ度《たび》に打ち消していたから、ハイペースで一杯目のビールを飲み終わっていた。

普通あまり飲まないビールでは全く酔わないというわけにはいかなかった。いい感じで酔いが回ってきた頃、隆康に触れないようにと強張《こわば》っていた身体から力が抜ける。

おいしい食事とお酒があれば、気持ちが良くなってくる単純な性格に感謝した。

「ニンニクなしの餃子があるってポイント高いですよね。しかも、すっごくおいしいし！」

たっぷりのお肉を包んだもっちりとした皮の底はカリカリに焼けていて、後から口の中に広がる生姜《しょうが》の風味もとてもいいアクセントになっている。

菜々美は皿に残った最後の一個を、酢醤油を付けて一口で頂いた。

空腹にビールと小ぶりのおいしい餃子という最高の組み合わせ。無限に食べられそうな気持ちにさせてくれる。

「もう一皿頼んだら、食べすぎですよね」

「それだけ幸せそうに食べてれば、ゼロカロリーになるんじゃないのか」

そんな都合のいい世界があれば行きたい。

明日の朝を思って諦めかけると、隆康は通りかかった店員に追加の注文をしてくれた。

菜々美は自分のお腹《なか》を撫でる。

「よし、食べます」

「無理しなくていい。残ったら俺が食べるよ。好きな分だけ食べたらいい」

願ってもない申し出に、菜々美は感謝の眼差しを向けた。

「優しい……。部長ってお父さん的な安心感がありますよね」

「焼き鳥屋に続き、今度は『お父さん』か。他にないのか、他に」

隆康はビールを飲みながら微苦笑を浮かべる。前回の焼き鳥屋で下着の色を見られたことを思い出して、菜々美は頭を抱えた。

「そう思わないと、やっていられないというか。恥ずかしいところを見られっぱなしで」

「まだ、そうでもない」

ラーメン屋だというのに隆康が妙に熱っぽい目で見てきたから、菜々美は視線から逃げるように水を喉に流し込む。

まだ、とはなんだろう。これ以上恥ずかしいことがあるとでも言いたいのか。

固まりかけた菜々美に助け舟を出すように、隆康は態度と口調を柔らかくさせた。

「ほら、他にないのか」

次を促《うなが》されて、菜々美は眉間に皺を寄せる。自分にとって、部長はなんなのか。

恋人という妄想を力いっぱい頭の中で打ち消すと、思いもよらぬ単語が出た。

「犬！」

二人の間に痛い沈黙が落ち、菜々美は背中に冷汗をかく。

こんなことを口走ってしまったのは、犬をモチーフにした舞台を観てきたばかりのせいだ。別にめる。

隆康を『犬』扱いしようとしているわけではない。

しかし、これはとってもよくない、失礼すぎる奴だ。

「や、違う、違うんです。舞台で、ほら、なんか頭にあって。ほんと、ごめんなさい……！」

言い訳しようとあわあわと口を開いたり閉じたりしている菜々美に、隆康は意味深な笑みを深める。

次の謝罪を口にする前に、菜々美は隆康にテーブルの上に置いていた手を握られた。

今日、手を握られたのは三度目だ。男らしい大きな手にすっぽりと包まれて、ラーメン屋の騒がしさが聞こえなくなる。

隆康の面白がるような、それでいて鋭い眼差しに射竦《いすく》められた。握られた手は、そのまま隆康の胸に当てられる。

カウンター席の角に案内されたとはいえ壁があるわけではない。身体を引けば椅子から転がり落ち、大恥をかいてしまう。

だから、隆康の目をまっすぐ見返すことしかできなかった。

「『私はあなたの忠実な僕《しもべ》。一生涯、忠誠を誓いましょう』」

「それ、舞台の中のセリフ……ッ！」

隆康が口にしたのはポスターやパンフレットにも載っている有名なセリフだ。

他の男性が口にしていたら、冷たく一瞥していたかもしれない。けれど、抑え気味の低音イケボイスで囁《ささや》かれて、耳から身体中に甘すぎる衝撃が走った。

手は名残惜しそうに離されたが視線は外すことができないし、耳には残響のように声が残っている。

「……で、犬って、ひどくないか」

「それは、ほんと、すみません」

隆康が浮かべた悪戯《いたずら》が成功した少年のような笑みに、心が完全に侵食されたのがわかった。

心臓はばくばくとうるさくて、食べた餃子が口から出そうになるくらいに胃が締め付けられている。

おかわりの餃子とビールが運ばれてきたので、変な雰囲気は消えた。

食べていれば喋らなくて済むと、菜々美は隆康に餃子を勧《すす》めて、自分も食べることに集中した。

隆康はもう悪ふざけをしてはこない。

菜々美は顔を顰《しか》める。あれだけおいしかった餃子の味がしないのだ。水のように感じる生ビールを流し込む。

ラーメンをすする姿さえもかっこいい隆康を、何度も盗み見て降参した。

好きだ。

とんでもない人を、好きになってしまった。

週末はあっという間にやってきた。待ち合わせは午後の二時。自分の洗濯物など家事を済ませて、母親の博子《ひろこ》に出掛けること、遅くなるかもしれないことを伝えた。

「デートね」

リビングのソファに座り雑誌を見ていた博子が、コーヒーを飲みながら聞いてくる。

「……サインを受け取りに行くだけ。明子《あきこ》がファンの、小柴恭司君の……」

「はいはい。ごゆっくり」

博子は興味がなさそうにすぐに雑誌へと目を戻した。芸能人の小柴恭司のサインがもらえるという話も、信じてもらえていない。でもそれはそれで都合が良かった。

菜々美は家を出ると早足で駅を目指した。今日は、郊外にある小柴恭司の家の最寄り駅で待ち合わせだ。

前回は赤いニットで失敗した。今日は会社にも着ていける固めの服を選んだので、休みという気分はしない。

スカートは最初から選択肢にはなかった。襟ぐりの狭い黒のニットと、茶色のガウチョパンツ。ヒールは履かずにスニーカーにした。アクセサリーはシンプルなピアスと、指輪だけだ。

空いた電車に揺られながら、ふと考えてしまった。

隆康がいつか誰かに心を奪われたとき、自分はオフィスでどんな表情で彼を見つめるのだろう。

舞台の日から神経が高ぶっていて、イケボイスをイヤホンで聞いてもまったく入り込めない。隆康の低くて心を震わす声が恋しくなって落ち着かないのだ。

こんなに早く人を好きになるなんて変だと思う。

自分も所詮、彼のスペック目当ての女の一人に過ぎないと思い込めば、妙な安堵と自嘲が残った。

今日が終わったらもう二人で会わないようにしようと決めたけれど、それを考えるだけで切ない。

次は誰に優しくするのだろうと想像すると、嫉妬のような気持ちで胸がかき乱される。

「よくないなぁ」

呟いて、電車のドアにこつんと額を付けた。

いろいろなことが心に引っ掛かったまま、電車を乗り継いで待ち合わせの駅に着く。

改札口を出ると、グレーのスウェットパーカーと細身のジーンズというシンプルな装いを見事に着こなしている隆康が、すぐに目に入った。

止めた車にもたれるようにして立つ姿は上品でかつ野性味もあり——つまり目立ちすぎるのだ。

「近内さん」

「お疲れ様です」

隆康に名前を呼ばれるだけで、嬉しくて震えてしまった。それを必死に抑えつつ近寄ると、彼は助手席のドアを開けてくれる。

「遠くまでありがとう。ここから車でも十分くらいかかるから。どうぞ」

「ありがとうございます……」

車で二人きりなんて想定していなかった。

運転が荒ければ少しくらい嫌いになれるかもしれない。ハンドルを握れば性格がわかると、父親が言っていた。

だが、最初の直進からカーブを曲がったときに、運転のうまさがすぐにわかって苦笑する。

「運転、丁寧ですね」

「どうも」

隆康は気負っているようにも見えないから、今日だけというわけではなさそうだ。頭のてっぺんから足のつま先まで完璧な男の人なのかもしれない。

「恭司、家にいるらしいから、サインはすぐにもらえると思う」

そう、今日の一番の目的はサインをもらうことだ。今から芸能人に会うという緊張が徐々に高まってきた。

車は減速して、ある大きな庭付きの一軒家の前に止まる。すると、ガレージシャッターが自動で上がり出した。

柑橘類が実った木が塀に沿って植えてある広い庭が目に入る。

ガレージの他に駐車場として庭に石を敷いてある部分が三台分。二台分が空いていて、止まっている一台は車に疎《うと》い菜々美でも知っている高級外車だ。

芸能人というのは、そんなに儲かるのだろうか。

「家がすごく広いんですけど、成功していらっしゃるんですね」

「恭司は実家住まいだよ」

微苦笑を浮かべた隆康が車を静かに庭の駐車場に止める。

「……え、ああ、え？」

「サインを受け取るだけだし、近内さんを連れて行くことは伝えているから、大丈夫だ」

芸能人の実家にお邪魔するなんてまったく想像もしていなかった。勝手に一人暮らしだと勘違いをしていた菜々美は焦る。

車を降りた隆康は助手席に回ってドアを開けてくれる。こういうマナーは身体に沁《し》みついているようだ。

隆康が玄関チャイムを鳴らすと、すぐにドアが開いた。

「いらっしゃい！」

「涼子《りょうこ》さん、お久しぶりです」

茶色い髪にゆるやかなパーマをかけ、きれいに化粧をした上品な女性がにこやかに迎えてくれる。その腕には、茶色のトイプードルが抱かれていた。艶《つや》のあるカールの毛並み。真っ黒でつぶらな瞳と目が合った。

「か、可愛い……」

菜々美は口を両手で押さえて思わず呟く。

「まぁ！　近内さんは犬が好きなのね。嬉しいわ。うちの子は大人しいから抱いてみて」

「いいんですか」

言い終わる前に抱いていた犬を渡された。嫌がることなく菜々美の腕におさまったところをみると、人に慣れているようだ。

何も家で飼っておらず、何かを抱き締めることなんてない。小さくて温かい温もりに、菜々美の顔は綻《ほころ》んだ。

「おりこうさん。可愛い」

抱きながら背中を撫でると、心地よさそうな顔をする。愛しさに胸がきゅんと締め付けられた。

「褒められたわよ、チョコちゃん。さぁ、上がってちょうだいね」

涼子は嬉しそうに何度も頷いたが、横に立っていた隆康がとても冷静に言う。

「恭司からのサインを受け取ったら帰りますから、ここでいいですよ」

その声音の冷たさにぎょっとして、菜々美は隆康を見上げた。端整な顔が固まっている。

「すみません、部長。つい、可愛くて」

「大丈夫だ」

菜々美は隆康から一歩だけ距離を取る。それが十分にできる玄関の広さだ。

隆康は不機嫌そうに目を細めたが、何も言わない。

「いらっしゃい。子犬を放っとけないからって、うちの親は息子の舞台に来なかったんですよ。代わりに来てくださってありがとうございました」

声がした方を向けば玄関の後ろにある階段から、背の高い若いイケメンが下りてきた。小柴恭司本人だ。

初めて見る生《なま》の芸能人に、菜々美の気持ちが一歩後ずさる。主役をするだけあり、笑顔に人を惹き付ける魅力があった。

「はじめまして。今日はお休みのところをすみません。私の我儘で」

「いえ、うちの両親の我儘が最初ですよ。舞台も楽しんでいただけたようで嬉しいです」

「とても楽しかったです」

菜々美は舞台の素晴らしさを思い出して目を輝かせた。恭司は涼子の横に立つと微笑む。

「いい人だなぁ。家族はダメ出しばっかりで。そうだ、姪御さんの名前を聞いていいですか。それからサインを書こうと思って」

若いのにしっかりした好青年は、実在するらしい。おまけに、隆康とはまた違うきれいな顔立ちには、気品がある。

感心している菜々美を恭司は腰に手をやってまじまじと見た。

「うん、やっぱりすごくきれいですね。僕、年上が好みなんですけど、彼氏はいますか」

菜々美はぽかんとしてしまう。

母親の前でこんなことを聞くものだろうか。それとも、最近の若者は女の人を褒めるのが上手なのか。

「えっと」

どう答えるのがスマートなのか。経験値のない頭で考えていると、隆康が菜々美を庇《かば》うように一歩進み出た。

「帰るから、サインを」

「隆康君、女の人の前で怖い顔しない方がいいよ」

菜々美の腕の中にいるチョコが涼子の腕に戻りたいのか、身体をもぞもぞと動かし始めた。

小さいだけに腕から落ちてしまいそうで、とても気を使ってしまう。

涼子は本当に玄関で全ての用事が終わってしまうと思ったのか、声を上げた。

「お話はちゃんと上がってからにして」

その一声は誰も逆らうことはできない強さがあり、結局お邪魔することになってしまう。

菜々美の実家の一階がまるまる入りそうな広いリビングに通された。

白の厚い絨毯《じゅうたん》が一面に敷かれ、座面の広い茶色いソファが、オーク材の立派なテーブルを囲むようにコの字に置いてあった。

菜々美が手土産として持ってきた焼き菓子を涼子に渡すと、とても喜ばれてほっとする。

勧《すす》められてソファに座ったが、あまりの広さに落ち着かない。

隆康も恭司も当たり前だが慣れていて、こうやって育ちの良さは備わっていくのだなと、菜々美には眩《まぶ》しく思えた。

リビングのドアが開いて、見覚えのある男性が入ってくる。ポロシャツにチノパンというラフないで立ちなのに、威厳が備わっていた。

菜々美が挨拶のために思わず立ち上がりそうになったのを、隆康が膝に手を置いて止める。

「お、来たか。子犬を抱いていけ」

「お断りします」

隆康は冷ややかな表情を崩さずに、男性と軽く睨《にら》み合った。

菜々美はそれどころではなかった。この男性を知っている気がするのだ。親子二代で芸能人なのだろうか。まったく、思い出せない。

男性は菜々美に向かって気安く手を振った。

「はじめましてって言うのはおかしいかな。いらっしゃい、近内さん」

「お邪魔しています」

はっとする。そういえば、菜々美は名乗っていない。それなのに、涼子も恭司も名字は知っていた。なぜだろう。

記憶を辿《たど》っている間に、男性は子犬を連れてくると言って、いったん部屋を出た。菜々美は隆康に小声で尋ねる。

「部長、私、あの男性を知っている気が……」

「鬼原道徳《みちのり》。うちの会社の社長だから、当然見たことあるんじゃないか」

社長、という言葉を理解するのに数秒かかった。ホームページに載っている、あの人だ。

「き、き、聞いてないですよ」

一瞬、時が止まって、叫びのような声が出る。伯父夫婦の息子とは聞いていたが、社長の息子だとは聞いていない。隆康が社長の甥という時点で察するべきかもしれないが、思い至れるほどの余裕がなかった。こともあろうに、休日に会社の社長の家にお邪魔していることになるじゃないか。

「わ、言ってなかったんだ」

菜々美の硬直を見て、恭司は気の毒そうな顔をした。

「でもさ、菜々美さんはうちで有名人なんだよ。だってさ」

まさか、褒め褒めアプリのことを話したのだろうか。冷や汗を流したが、涼子が紅茶とケーキを運んできてくれたので、その話は途切れた。

それとほぼ当時に、道徳が真っ黒な子犬のトイプードルを抱いてリビングに入ってくる。

「可愛い……っ」

ちょうど三ヶ月、三回目のワクチンが終わり、あと二週間で散歩に行けるという、小さな子犬だった。

道徳は菜々美にそっと渡してくれる。

「この子はうちで飼おうと思っているのよ」

話を聞けば四匹ほど生まれて、里親を厳選しているとのことだ。それから鬼原夫妻が犬への愛を語り始めた。

話の間も真っ黒な子犬は菜々美の膝の上で大人しくしている。可愛い子犬を抱かせてもらって嬉しいのだが、単純には喜べない。

横には子犬が苦手な隆康がいるからだ。席を移動するかと思いきや、社長宅で菜々美が緊張しているのをちゃんと気遣ってくれてか、横にいてくれている。

その間も子犬は菜々美の指を嗅《か》いだり舐めてみたりと動いていて、とても可愛い。

さすが社長として話し慣れているのか、道徳は話が上手だった。犬への愛をユーモアたっぷりに語る姿には人として好感を覚える。

だが、隆康の口数が極端に少なくなっているのが気になり、話に集中できない。

恭司は親父の話は長いと言って少し前に席を立っていた。

しばらくして道徳のスマートフォンが鳴り、電話を取るためにリビングを出る。涼子は買っていたケーキを出すと言って、キッチンへと消えた。

広いリビングに二人きりになって、菜々美は恐る恐る、隆康の方に顔を向けた。

「……怖い、ですよね」

子犬の背を撫でながら尋ねる。可愛い子犬だからこそ、落としたときはさぞかしショックだったはずだ。小さな頃なら尚更に。

隆康は微苦笑を浮かべる。

「近内さんが抱いていたら怖くない。俺に抱かせようとか、触らせようとか無理にしてこないから、大丈夫だ」

隆康を傷つけるようなことはしない。そう信用されている気がして嬉しかった。

さっきの道徳の話を聞いていると、甥の犬嫌いをどうにかしようと、ぐいぐいと迫ったことが想像できる。

「なら、良かったです。社長も奥様もいい方ですね。ここの家族になれる君は幸せだね」

優しく背中を何度も撫でると、子犬は気持ちよさそうに、菜々美の膝の上で目を瞑《つむ》る。三百六十度、どこから見ても可愛い。

実家でも犬を飼いたいが、世話をするのは家にいる時間が長い母の博子になるはずだ。それをわかっていて飼いたい、とも言い出しにくい。

ゆっくりと背を撫でていると、隆康に聞かれる。

「近内さんは結婚したら犬を飼いたいとか、そういう夢があるのか」

「結婚ですか。いや、ほんと、結婚が遠いのですけれど」

積極的に彼氏を作ろうとしていないのもあり、自分が結婚するという想像をしたことがあまりなかった。

「もし、結婚するとすれば、だ」

「たられぱの話はあまり好きではないんですよ、これでも」

結婚をすれば共働きを選ぶだろうが、子どもは欲しいかな、と漠然と考えてみる。

「うーん、赤ちゃんと犬が一緒に過ごしてるのは見たいかも。寝てたり、遊んでたり、可愛いと思います」

「……確かに幸せそうな絵だな。俺も見てみたい」

膝に肘をついて顎《あご》を乗せた隆康が遠くを見た。結婚について考えているのだろうか。

親しくなったここ最近の出来事で、彼の性格の良さは知ったつもりだ。彼に大事にしてもらえる幸運を手にする人は誰なのか。

複雑な気持ちで菜々美が笑むと、ゆっくりと隆康の顔が近づいてきた。

またからかおうとしているのだろうが、距離が近すぎる。

全力で避けたかったが膝の上に子犬がいた。落とさないように、上体を少しだけ後ろに引いたが、もう後ろに移動できるスペースがない。

「部長」

目を固く瞑《つむ》ると、抗議の言葉を紡ぎかけた菜々美の唇に隆康の唇が重ねられた。

「……っ」

キスをされている。軽く重ねるだけの、挨拶のようなもの。

いやらしさの欠片もないが、隆康の唇の弾力や潤いをはっきりと感じて、お腹《なか》の辺りが熱くなった。

唇はすぐに離れて、菜々美は呆然と隆康の顔を見つめる。

「なに……」

「近内さんの可愛い唇に、キスをしたくなった」

隆康に真顔で言われたが、菜々美は言葉を失った。冷静になれないのは、唇にはまだ隆康の温もりがあるせいだ。

海外で過ごしていた彼にとってキスは、簡単にできるものなのだろうか。

「さぁ、ケーキよ」

涼子が大きなトレイに人数分のケーキを載せ運んできた。

隆康はすぐに立ち上がり彼女に近づくと、当然のようにトレイを受け取る。

「適当に配ってもいいですか」

「ええ、ありがとう」

スマートに涼子の手伝いをしている隆康の表情の中に、疚《やま》しさのようなものを探した。けれど、どこにもそんなものは見当たらない。

むしろ、今のキスは幻だったかのように普通だ。もしかして、妄想しすぎた結果、自分はこんな白昼夢を見るようになったのだろうか。

頭がぐるぐるしている間にもテーブルの上にコーヒーとケーキが並べられていく。手伝おうとしたが、膝に子犬がいて動けない。

「いいのよ。近内さんはお客様なのだから」

菜々美の動きに気づいた涼子がにこやかに言ってくれる。

「近所の美味《おい》しいケーキ屋さんのものなの。隆康が近内さんを連れてくるって言うからね、たくさん買ったのよ。食べてね」

歓迎され過ぎている気もするが、歓迎されているのは嬉しい。

「近内さん、代わる」

隆康は意を決したような顔をして、思いもよらぬ行動を起こした。

菜々美の膝の上の子犬を抱き上げ、隣に座ると、自分の膝の上に乗せたのだ。子犬が隆康のジーンズや指を嗅《か》いでいる。

その動きがあまりにも自然で、犬が怖いと嘘をついたのかと菜々美は疑いを持った。

その疑いが一瞬で終わったのは、涼子が叫んだからだ。

「お父さん！　きょうちゃん！　隆康が犬を抱いたわ！」

上品な印象の涼子から出た、広い家に響き渡るような大声に、菜々美は軽く仰《の》け反《ぞ》る。

すぐにバタバタと二階や隣の部屋から足音が聞こえ、荒々しくリビングのドアが開いた。

「うわっ、マジだ……」

「やっぱり、犬が苦手だというのは嘘だったんだろう！」

入ってきた恭司と道徳が好き勝手に口にして、隆康を囲んだ。

「放っておいてくれ」

「素晴らしい一歩ね！」

涼子は手を叩いて喜ぶ。その高揚した皆の光景を呆然と眺めていると、ソファの後ろに立っていた道徳が菜々美の肩にポンッと手を置いた。

「うん。いい。近内さんはいいね。今日はお祝いだから、ケーキをたくさん食べて帰りなさい。涼子、手土産は何かないか」

「この間、相馬《そうま》さんから頂いた、美味しいコーヒー豆があるわ。近内さん、持って帰ってね」

「伯父さん、近内さんから手を離してください」

隆康は冷たい眼差しを道徳に向けた。その表情に菜々美の方が震え上がる。

「ああ、ついな。すまなかったね」

「いえ、大丈夫です」

道徳はにこにことしたまま手を離すと菜々美に詫《わ》びる。社長に謝られた菜々美の方が恐縮してしまった。

隆康は子犬を膝に乗せてはいるが、楽しそうではない。横から心配げに彼の顔を覗き込んだ。

「無理をしていませんか」

「俺は問題ない」

「菜々美さんは優しいなぁ」

菜々美の隣、隆康の逆側に腰掛けた恭司が羨《うらや》ましそうに言いながら、苺のショートケーキを食べ始めた。フォークに乗せているケーキの欠片がやたらと大きい。それをぱくり、と一口で食べてしまう。

「近内さんもケーキを。そこの大食漢が全部食べてしまう前に」

隆康に顎《あご》でケーキを指された。

苺のショートケーキにチョコレートケーキ、レアチーズケーキが並んでいる。正直なところ、先程のキスで胸がいっぱいで食べられそうにない。

考えあぐねていると、恭司がレアチーズケーキを差し出してくれた。

隆康に聞こえないほどの声で、こっそりと話しかけられる。

「食べてあげてよ。菜々美さんにケーキを食べてもらうために、やせ我慢してるからさ」

「え」

菜々美は驚いて恭司を見た。隆康本人が問題ないと言い切ったのは、やはりやせ我慢なのか。

「隆康君、犬がいるからって、ここだけじゃなくて実家にも寄り付かないんだ。いま、ストレスレベルが相当に高いと思うよ。……なんでそこまで無理をしているのか」

恭司に意味ありげな笑みを向けられて、菜々美の頬が赤く染まり始める。自分の前に出されたレアチーズケーキに視線を落とした。

ケーキを食べられるように、隆康は苦手な子犬を抱いてくれている。

期待を通り越して誤解してしまうじゃないか。

チーズケーキを一口食べると、爽やかな酸味と甘さが口の中に広がる。でも、さっきの隆康とのキスの方が何倍も甘かった。

隆康が犬嫌いを克服したと社長一家はご満悦で、暇《いとま》をする頃にはとっぷりと日が暮れていた。


なんとか夕食の誘いを断り、サインを受け取った菜々美は隆康の車に乗り込んだ。

ちらりと窺《うかが》えば、珍しく隆康に疲れが見えた。苦手な犬と散々交流させられたからだろう。

だから、駅が見えてきたときにはほっとした。

「今日はありがとうございました」

ロータリーに入ると思った車は菜々美の言葉を無視してそのまま道を直進した。すでに見えなくなりつつある駅を振り返った菜々美の横で、隆康が口を開く。

「今日はうちに来る約束だったろう。高速に乗れば三十分もあれば着く」

「え、あれは冗談ですよ」

おいしい中華料理の店の話をしたときに抑止になればと言っただけで、まさか本気にするとは思わなかった。

車は高速へ入る車線に変更して走り続ける。

「近内さんは男をその気にさせるのが得意だな」

その気にさせているのは隆康で、断じて自分ではない。

それでなくても、社長宅にお邪魔をして芸能人の息子からサインをもらうという、ハードな一日だったのだ。

こういう空気に対応できる気力は残っていない。

今までの安全な距離に戻れなくなり始めている音がする。菜々美は関係を留《と》めるべく、努《つと》めて明るい声を出した。

「部長のおうちの近くのラーメンに興味はありますよ。好きですし。でも、今日はケーキを二個も頂いたんです。コーヒーに至っては四杯。この上に部長のおすすめの中華料理屋でラーメンと餃子を食べたらカロリーオーバーしすぎる上に、カフェインとお腹《なか》いっぱいで眠れない夜になってしまうじゃないですか。それに部長も疲れているみたいだし、もうお開きにしませんか」

信号が赤に変わり、隆康は緩やかに減速して車を止める。右肘を窓に掛けて独り言《ご》ちた。

「そういう逃げ方をする」

いつものように低くて耳に心地よい声なのに、今は何かが違う。安心とは程遠い、不安にさせる声色に身震いがした。

「眠らなきゃいいじゃないか」

「眠らないと、美容に……」

「美容ね。近内さんは十分にきれいだろう。近寄りがたい雰囲気の美人だが、喋ったら気さく。その通りだな」

対向車のヘッドライトが当たって、隆康の表情が浮かび上がった。自嘲気味に笑っている彼の、気持ちが読めない。

車が走り出し、菜々美は膝の上で両手をぐっと握りしめた。

「なんの話ですか」

「君についての噂だよ、噂」

「噂？　心あたりが……そもそも、ただの噂を信じるんですか」

うん、と隆康は冷たい目のまま、口角だけを上げて笑った。車が再び走り出す。

「近内さんが近寄りがたく感じるのは、自分の興味がないことに対しての反応が鈍いからだ。仕事には興味があるから成果を挙げることができる」

上司に当たる人から成果を挙げていると褒められて、このピリピリした雰囲気の中、菜々美の頬が緩む。

菜々美の仕事は主に契約の保守的なもので、新規契約を取ってくる営業とはまた違う。評価されにくいからこそ尚更に、じわじわと喜びが胸に広がる。

それに気づいた隆康が、苦笑を浮かべた。

「俺に褒められるのは嬉しいってことはわかった。だが、俺に興味があるかは不明だな」

「部長に興味がない人とかいるんですか。会社で人気者じゃないですか」

「前にも言っただろう。それは俺に興味があるんじゃない。金や地位だろ」

菜々美は思わず身を乗り出すように反論する。

「部長の人柄に惹かれている人もいるはずです」

「近内さんは？」

惹かれています、と答えるにはリスクがありすぎて、咄嗟《とっさ》に口を閉じた。

高速に入った車はスピードを上げる。渋滞することなく流れている道路は、隆康の家までの猶予はあまりないと教えてくれているようだ。

菜々美の緊張が高まる。明るい話題、この雰囲気を崩す話を必死に探すが空回りする。

そんな中で隆康は口にした。

「好きだ」

きょとん、とした菜々美に、隆康は繰り返す。

「好きだから、今夜は帰すつもりはない。どうする？」

「……え……」

キスをされたことも思い出されて、頭の中が真っ白になった。今、隆康は自分を好きだと言った。けれど、告白をしたはずの隆康が堂々としていて、された菜々美が一人で動揺している。

「え？」

「まぁ、ゆっくり考えてくれ」

固まっている菜々美に向かって、隆康はゆったりと微笑みかけた。

「あと二十分ほどある」

実質、時間なんてないじゃないか。隆康はそれがわかっていて言ったのだ。

身体の関係を望んでいるのだとじわじわと理解できてくると、膝の上で握りしめていた手に、さらにぎゅっと力が籠《こも》った。

こんなハイスペックな人が、なぜ自分と寝たがるのか。そもそも、経験自体が少ないし、一晩の相手としてはお粗末だとも思う。

菜々美がぐずぐずと考えている間に、車は高速を下りた。

焦っているだけで、なんの答えも出せないまま、車は単身者用と思われるマンションの下に入る。

「沈黙は金《きん》かもしれないが、この場合、了承ってことで」

隆康はそう言って、人気《ひとけ》のない駐車場に車を止めた。ほぼ車で埋まっているが人の姿は見当たらない。

隆康は早々《はやばや》とシートベルトを外して、外に出ようとしている。

「いや、でも、どうして私」

その背中に、菜々美は声を掛けた。彼は薄い笑みを浮かべて、再びシートに腰を落とす。

「好きだから」

三度目の好きという言葉と一緒に、菜々美の身体に腕が回される。シートベルトを外されて、軽い抱擁をされた。心臓がばくばくと早鐘を打って苦しい。

それなのに隆康は唇を菜々美の耳元に軽く付けると、いつもよりも低い声で囁《ささや》いた。

「抱きたい」

甘い熱が身体中を巡って、まだ知らない疼《うず》きをもたらす。菜々美は固く目を瞑《つむ》った。

上司とどうにかなるのは仕事上、良くない。

そんな保身は頭の片隅に追いやられて、消えた。


先にシャワーを浴びた隆康にタオルを渡されて、菜々美は風呂に続く洗面所のドアを開けた。白が基調になっており掃除も行き届いていて清潔で、眠れそうなくらいに広い。

のろのろと服を脱いだ自分の姿が、壁の端から端まで埋め込まれてある洗面台の鏡に映って、ぎょっとした。

今日は気合を入れるために下着を赤の上下にしていたのだ。

おまけにセットのショーツがタンガだった。パンツスーツのときにはラインが響かないようにと、下着はほぼこれだ。

そんな事情を知らなければ、この姿は間違いなく夜を期待していた女のそれだ。

文字通り頭を抱えて唸《うな》る。

「やっぱり、これはダメだ」

隆康の家は玄関を入ると洗面所とトイレがある廊下があり、廊下の突き当たりのドアを開けると広いリビングキッチンへと続いていた。

そこにベッドはなかったから、寝室にしている部屋があるはずだ。

バッグは、リビングにあったソファの下に置いている。

コンビニに行きたいと言って、そこで下着を買ってくればいいと思った。ブラジャーはまだいいが、ショーツは恥ずかしくて見せられない。

菜々美は脱ぎかけた服を着て洗面所のドアをそっと開けた。

「何か足りないものでもあったのか」

「ひっ」

そこには廊下の壁に背を預け、腕を組んでいる隆康が立っていて、菜々美は情けない声を上げる。

「な、なんで、ここにいるんですか」

「逃げ出しそうだなと思って、見張ってた」

見張ってたという不穏な言葉に絶句していると、気怠《けだる》そうに首を揉《も》みながら、隆康は壁から身体を起こした。

風呂上がり、パーカーに六分丈のジョガーパンツの格好の彼は、会社で見るよりも若々しい。

それなのに、纏《まと》う雰囲気は会社のそれよりも野性的で怖く感じた。

「コンビニに、行きたいなと」

「足りないものは何」

普通のショーツです、なんて死んでも言えない。

隆康は菜々美が開けかけていた洗面所のドアの隙間に手を差し入れ、大きく開ける。菜々美の腕を掴んで引っ張ると壁に押しやり、囲うように壁に手をついた。

背の高い隆康に近距離から見下ろされ、恥ずかしさに耐えきれずに菜々美は俯《うつむ》く。

「み、水……が、欲しいなと」

「もうちょっとマシな嘘を考えたらどうだ」

呆れ返った声は、それでも菜々美を責めてはいない。耳元で囁《ささや》かれて首を竦《すく》めると、耳殻を唇で優しく食《は》まれる。

「……んっ」

「さっき、ペットボトルの水を渡しただろう。――避妊の心配?」

避妊、という言葉がリアルすぎて、菜々美は壁伝《づた》いに下にずるずると座り込んだ。

顔を両手で覆って、ふるふると首を横に振った。

「違います」

「ゴムならあるし、ちゃんと付ける。で、何がいるんだ」

本当のことを言っても言わなくても、このままじゃ赤いタンガの存在はバレてしまう。

崖っぷちに立たされて、緊張から強張《こわば》っていると隆康は溜息を吐いた。

「しょうがないな……」

向かい合っていたはずの隆康が、真横に座る気配がして、菜々美は顔から手を離す。横を窺《うかが》うと、右片膝を立て左足を伸ばす格好で座った隆康が天井を見上げていた。

「怒って、います？」

「何に」

聞き返された菜々美は膝をぎゅっと抱える。

「その、不慣れなことに」

「怒ることじゃないだろう。いきなり襲ってこられる方が引く。主導権は握りたいもんで」

心なしか砕けた口調の隆康に、菜々美は少しだけ緊張を解いた。

「握りたそうですもんね」

「そういう星の下《もと》に生まれたからしょうがない」

開き直り方が面白くて菜々美はくすりと笑う。それを見た隆康も困ったように笑んだ。

「犬、大丈夫でした？」

「ああ、あれは無理をした」

顔を顰《しか》めた隆康に親しみを感じて、菜々美も足を伸ばす。隆康の足は廊下の幅よりも長く、つま先を向こう側の壁に付けてなお、膝は曲がっていた。

菜々美の伸ばした足の膝も曲がるが、隆康ほどではない。背の高い人だなと、改めて感じる。

こんなにも大きいのに犬が怖くて、それなのに菜々美がケーキを食べられるように気遣ってくれたのだ。

「恭司君が言っていました。部長は私がケーキを食べられるように、犬を抱いてくれたんだって」

「まぁ、そう思うならいいが」

隆康は立てている膝に肘を置き、頬杖をついて菜々美を見た。

「なんで恭司は恭司で、俺は部長なんだよ」

拗《す》ねた口調と、その内容が理解できるまで数秒かかった。恭司は会社で一緒に働くわけではないのだし、今日会った人は全員『鬼原さん』なのだからしょうがない。

「俺の名前、知ってる？」

「知ってますよ。隆康さん、です」

社長と同じ名字なせいで、最初からフルネームで噂されていた人だ。隆康の名前を知らない人はいないと思う。

「知っているなら、二人のときはそれで」

隆康の端整な顔が傾《かたむ》き近づいてきた。キスされるとわかって自然に目は閉じる。唇が塞がれた感触は、昼間と同じでいやらしさはない。

ほっと肩の力を抜くと、顎《あご》をきゅっと持たれた。

「ん……、あっ」

当然のように隆康の舌が唇を割って口腔《こうこう》内に入り込んできて、菜々美は硬直する。逃げようとするも、肩も抱き寄せられて動けない。

歯茎や歯列に舌を擦《こす》り付けられて、嫌悪感どころか、じりじりと甘い痺《しび》れが下半身から湧き上がってくる。

頬の裏までも舐められ、舌を付け根からぎゅっと絞るように吸われると、頭の中がぼうっとした。

「は……っ」

舌に口腔《こうこう》を侵され続け、無意識に菜々美は隆康のパーカーをぎゅっと掴んでいた。顎《あご》を捕らえていた隆康の手は、後頭部に回されている。

探られるままに受け入れていると、擦《す》り寄りたい気持ちが抑えられなくなった。

息苦しいが、心地よい。相容れない感覚の答えを探すように、隆康の頬に手を添わせる。ざらりとした髭《ひげ》の感触が指先に触れて、その体温を感じた。

隆康の手が黒のニットの裾から入って、素肌に触れる。冷たい肌を温めるように、優しく背中を撫でられる。

「……あ」

その温もりに心地よさを感じていると、隆康の指先がブラジャーのホックに触れた。あっという間に現実に引き戻されて、菜々美は彼の肩を掴んで身体を離した。

だが、背中と後頭部に回された手のせいで、顔が少し離れただけだ。

鼻と鼻が擦れ合うほど近い距離で見つめ合う。

「あの、シャワーを浴びていないんです、わたし」

「知ってる。あの短い間にシャワーを使えていたらある意味すごい」

恥ずかしすぎて、赤い下着は見られたくない。菜々美は小さく首を横に振った。

「でも」

隆康は目元を険《けわ》しくして、静かに声に苛立ちを滲《にじ》ませる。

「でも、何」

「ご、ごめんなさい。でも、待って」

いい雰囲気を壊したことに申し訳なさを感じながら、ニットを下ろすように服に手を掛けた。

だが隆康は素早く菜々美の服を捲《まく》り上げて、やすやすと頭から抜いてしまう。肌にひんやりと夜気が触れた。

下着を晒《さら》している状態に菜々美は赤くなったが、隆康は口角を上げる。

「紫じゃないのか」

「その話はやめてください！」

前に紫の下着を見られてしまったことを思い出したおかげか、身体から少し力が抜けた。

胸を覆う、肌が透《す》ける赤のレースの際《きわ》を撫でながら、隆康は僅かに眉を顰《ひそ》めた。

「さっきから、様子がおかしいのは、これのせい？」

当たらずとも遠からずだ。本当の問題はショーツにある。正直に伝えていいかもわからないがバレるのは時間の問題だ。

今はそれよりも、指先でただ胸に触れられただけなのに呼吸が乱れてしまうことに、落ち着きを失っていた。

答えない菜々美に苦笑を浮かべた隆康は胸の谷間に唇を寄せて、舌を這《は》わせる。

「やっ、あっ……、だめっ」

「駄目だと言われてやめられるほど、もう余裕はない」

今日は汗ばむことも多かったし、汚いはずだ。けれどそんなことをお構いなしに、隆康はブラジャーで持ち上げられた胸の弾力を味わうように軽く歯を立ててくる。

「や、あ……」

腰を持たれて、隆康の太腿に跨《また》がるように座らせられた。向かい合わせになり、隆康の前に胸がある格好になる。

「肌が白くて、きれいだな。赤がよく似合う」

官能を揺さぶられる低い囁《ささや》きが、菜々美の下腹部を刺激した。

嬉しいのと恥ずかしいのと両方で、口を滑らせてしまう。

「私だけ、ずるいです」

「それもそうだ」

言うなり隆康はパーカーを脱いだ。眼前に腹筋が薄く割れた、引き締まった肉体が現れる。

「……っ」

雑誌やテレビ、ネットでしか見たことのないような美しい肉体に、菜々美は息を呑んだ。慌てて隆康から離れようとしたが、腰に回されている腕で阻《はば》まれる。

しかも反動で彼に倒れ込む形になった。

「ご、ごめんなさい」

「いいから、俺に抱かれてくれ」

背中に回った手が、ブラジャーのホックを外した。慣れた様子で肩から抜かれて、白くて形のいい膨らみが晒《さら》された。

手で隠そうとしたが手首を掴まれ、胸の突起を口に含まれる。

「んッ、あっ」

腰から頭まで電気のような刺激が走る。舌先で転がされたり、吸われたりしているうちに、甘い疼痛《とうつう》がお腹《なか》の辺りにうずうずと溜まっていく。

歯を立てられて、尖端が硬く立ち上がっているのがわかった。

「や、ああっ、だめ、そんなに」

強く吸われながら、もう片方の乳首も軽く抓《つま》まれ、菜々美は声を抑えられなくなっていく。

胸を大きく咥《くわ》え込まれ舌で転がされると、自然と太腿に力が入った。

隆康の肩を掴んで、胸を突き出している格好が、リビングへ続く曇《くも》り硝子《ガラス》のドアにうっすら映っている。

「恥ずかしい……っ」

「可愛いよ」

耳に心地よすぎる声で褒められて、力の入らない身体で抵抗する気持ちはなくなっていた。隆康の砕けた口調も、嬉しく感じる。

何よりも、お腹《なか》の奥底の疼《うず》きがもっと親密な行為を求めている。

隆康が菜々美に見えるように、舌先で乳首をくすぐる。そうかと思うとしゃぶりついてきて、菜々美は喘《あえ》ぎを止められない。

「やぁ……っ、はぁ……。だめ……そこばっかり……っ」

「片一方ばかり舐めて悪かった。こっちも味わわせてくれ」

艶《つや》っぽい目で見上げられて、手で弄《いじ》られていた方の乳首が、隆康の口に咥《くわ》えられる。同時に解放された胸の、ねっとりと唾液で濡れた乳首が、ピンッと立っているのが目に入った。

自分の身体の淫《みだ》らな様子にぶるりと震える。

「や、やだ……」

隆康の手は、口に含んでいない方の胸を揉《も》みしだいた。時折、掌《てのひら》で乳首を擦《こす》られ、菜々美はすすり泣くような声を漏らす。

濡れた舌で舐められながら、片一方の胸は揉《も》まれ続けた。違う種類の強い刺激に、菜々美の身体からは力が抜けていく。

「も、もう」

隆康の肩をぎゅっと掴んで、どうにか理性を取り戻そうとした。

「運ばれるか、歩くか、どっちを選ぶ」

どこに、と聞くほどバカではない。ベッドに行くという選択しかないのだ。

菜々美は片胸を腕で隠して、そばにあったニットを掴んで頭から被った。

廊下には煌々《こうこう》と灯《あか》りがついていて、冷静になれば正気でいられる状況ではない。

目の前にある隆康の逞《たくま》しい身体からも目を逸《そ》らす。

「脱がす楽しみが増えるだけだけどな」

愉《たの》しげに言われて菜々美は顔をますます真っ赤にしながら、隆康の太腿から立ち上がる。

「歩けます」

「残念。お姫様抱っこをできると思ったのに」

隆康は上半身を隠すことなく立ち上がると、菜々美の手を握った。悪戯《いたずら》っぽい表情に劣情を宿した目で見つめられる。

彼ならもっと慣れた女の人を抱けるだろうにと思う。

さっきからおどおどしてばかりで、愛想を尽かされるのではないかと少し怖い。

それに、好きだと言ってくれたけれど、どうして自分なのだろうという疑問も付きまとう。

「こっちだ」

手を握る力が強くなった。そういえば、よく隆康は触れてきていたなと思い出す。ずっと、そういうサインを出していてくれたのかもしれない。それに気づかなかった。

唇を引き結んで、隆康を見上げる。この場から逃げ出せば、一生後悔し続けるはずだ。

菜々美は隆康の手を強く握り返した。

「あまり、慣れていなくて……」

言い訳がましいことを口にしたことを後悔したが、隆康は菜々美を優しく見下ろす。

「それは、前から気づいてた」

「すみません」

「謝る必要がないところだな」

菜々美は隆康の腕に額を付けて頷く。こんな風に自分から異性に触れるのは初めてで、心臓がどきどきとうるさい。

自分たちは上司と部下で、同じ職場で働く人で、彼は社長の親族で。でも、この瞬間は隆康という一人の男性に選ばれたいと思った。

自分が抱いた強い想いに呑み込まれそうだ。

「……ベッドに行きたいです」

勇気を振り絞って言ったが、胸から心臓が出てきそうなくらい激しく鼓動している。

隆康が大きく息を吸い込んだ音が聞こえた。

「行こう」

ぐっと腕を引っ張られて、もう後戻りはできないと思った。

連れて来られた寝室は暗く、セミダブルのベッドと、サイドテーブルがぼんやりと浮かび上がっている。

部屋に入るなり、隆康は履いていたジョガーパンツを脱いだ。

「……っ」

ボクサーパンツのみになって、彼の下着モデルのような体躯に菜々美は絶句する。

おまけに、下着の中央が硬く張りつめて、盛り上がっていた。

経験が浅くとも、それが何かを知らないわけはない。

菜々美は身体を震わせて、生唾《なまつば》を呑み込んだ。

「脱がすぞ」

菜々美の正面に立った隆康にまたニットを脱がされた。すでに愛撫で敏感になったふたつの膨らみが、呼吸と一緒に上下する。

彼がワイドパンツに手をかけたが、菜々美は制止するのを忘れていた。

「……これか」

脱がした隆康の動きが止まる。

きれいな曲線を描いたお尻が、赤のレースのタンガのみの姿にされた。どこかに隠れたいが、そんな場所はどこにもない。

首筋に顔を埋《うず》めた隆康に、じりじりとベッドに追い詰《つ》められ、ゆっくりと押し倒された。

唇を押し付けるように強く塞がれて身体を捩《よじ》らせる。

先程のキスの疼《うず》く感覚も残っていて、自然と太腿を擦《こす》り合わせてしまう。下半身が熱く、何かが足りないという焦燥が心を蝕《むしば》んでいた。

「あ、はぁ……っ、んっ」

歯列を割って入ってきた舌に、菜々美はおずおずと自分の舌を絡ませる。ぬるりとした感触は、さっきとは違って生々しい。

唾液を混ぜ合うような濃いキスに酔いながら、手を隆康の肩に回した。今まで感じたことのない感覚を受け入れているうちに、舌や頬の裏まで全てを蹂躙《じゅうりん》されていく。

唾液が混じり合う音に身体を縮こめると、じゅっと舌を吸われた。

「ふぅ……っ」

「俺を煽る天才だな」

ビクンッと背を仰《の》け反《ぞ》らせれば、胸を掌《てのひら》で揉《も》みしだかれる。擦《こす》られた乳首が快感を強くして、頭の芯がぼうっとする。

「菜々美、力を抜いて。痛くはしないから、大丈夫だ」

「は……いっ、んっ」

隆康の声は魔法のようで、もう抗《あらが》う気は起きなかった。

菜々美は信頼しきった目で隆康を見つめる。大きな掌《てのひら》は脇の下や腰のくびれ、背中の曲線など、全てを味わうように撫でてくる。

「きれいだな」

美声で熱っぽく言われて、本当に自分は綺麗な気がした。

「ああっ」

隆康は乳首に軽く歯を立てながら、菜々美の閉じた太腿の内側に手を滑り込ませる。

反射的に膝を立ててさらに恥部を隠そうとしたが、身体を起こした彼にやすやすと左右に割り広げられた。

ぐっ、とタンガが割れ目に食い込んで、その刺激に菜々美は腰を浮かせる。

「いい眺めすぎて、たまらないんだが」

秘裂に食い込む赤い下着を眺めながら隆康が興奮した様子で呟く。

つっ、とその線の上を指が辿《たど》り、菜々美は腰をびくびくと痙攣《けいれん》させた。

「や、やだ、触らないで……見ないで……」

「これだけ濡れていれば、触られない方がつらいだろう」

艶美な笑みを浮かべた隆康が、しっとりと濡れて食い込んだ下着に何度も指を這《は》わせる。

その度《たび》に甘い痺《しび》れが下半身に集まってきて、焦《じ》れるように腰を僅かに浮かせた。

「ほら、触った方がいい」

「いじわる……っ」

にっと笑った隆康にいっそう大きく足を広げさせられた上に、小さな肉芽辺りを指でぐりぐりと押された。

身体を巡り解放されずに溜まっていく快感に、菜々美は喘《あえ》ぐ。

「ん……っ、やっ、ああっ」

これ以上は耐えられないと身体は逃げるように動いた。うつ伏《ぶ》せになるとベッドの中の方に移動する。

「いい眺めだな」

はっとして上半身を起こそうとすると、お尻を触られた後に一気に下着を下ろされた。濡れた下着の冷たい感触が内腿に伝わる。

思っていた以上に濡れていることに固まっていると、後ろから押《の》し掛かってきた隆康に耳を食《は》まれた。

「もしかして、初めて?」

「ち、違います」

慌てて否定したが、こういったことをするのは学生のとき以来だ。

付き合っていた彼氏の部屋で、痛みと一緒にあっという間に終わった初体験のみだが。なんとなく気まずくなり別れて、以来彼氏いない歴は続いている。

それを問題だと感じたことはなかったのに、隆康には伝えづらい。

「その……違うけど……」

「いや、いい。だいたいわかった」

その答えを隆康がどう受け取ったかは、わからなかった。

閉じ合わせた太腿を後ろから再びぐっと開かれ、媚肉に零れる蜜を指でそっと撫でられる。

ぬるりとした秘所を直接滑る刺激に、身体がビクビクと波打った。

「や、あっ……ぁ」

「恥ずかしいなら……目を隠しておくか」

菜々美は顔だけ起こした。ベッドから下りた隆康は、クローゼットからネクタイを手に戻ってくる。

隆康は呆気《あっけ》に取られている菜々美を仰向《あおむ》けにすると、背中を支えて上体を起こした。

ネクタイが目を覆い、後頭部で結ばれる。抗議のつもりで隆康の手首を掴んだが、それはそっと触れたようなものだった。

視界が奪われ生唾《なまつば》を呑み込むと、耳元で悪戯《いたずら》っぽく囁《ささや》かれる。

「声だけで想像するのは、好きだろう？」

耳朶が唇で擦《こす》られる近さ、耳に掛かる息、低くて艶《つや》っぽい声。心の深い部分に入り込んできて、息を呑んだ。

「ほら、やっぱり好きだ」

聴覚だけの刺激が身体中に根を張るように甘く鋭く巡った。声に反応して足の間から溢れ出る蜜を気づかれているのだろうか。

「変態……っ」

「どっちが」

苦し紛れの悪態ごと背後に回った隆康の逞《たくま》しい腕の抱擁に包まれた。彼に背中を預ける形で座らされ、両脚を開かされ筋肉質の彼の脚で固定される。

「さて、俺も見えない角度だから、恥ずかしいとかはもうなしだ」

耳元で隆康の声を聞くだけで肌が粟立《あわだ》つ。何をされるかと緊張で呼吸が速くなるけれど、怖くはない。

蜜で濡らした隆康の指先が、小さな萌芽を軽く潰すように刺激した。

「……っ」

痺《しび》れと痛みが甘い、そんな初めての快感に唇を一文字に引き結ぶ。

この感覚を覚えてしまうと、きっと抜け出せない。危険だとわかるのに、とても欲しい。

花唇の内側から蜜をたっぷりと秘裂に塗り広げるように、隆康の指は蠢《うごめ》いていた。視覚を塞がれているせいで、指の感覚によりいっそう集中してしまう。

「目隠しをした方が、反応がいい」

「言わない、で。あ、ああ、……ふっ……んっ」

愉悦に震える身体を隆康の胸が受け止めてくれていた。目を塞がれていても、背中が温かいだけでとても安心する。

「菜々美、気持ちいいところを教えてくれないか。見えないからわからない」

隆康の頤《おとがい》がこめかみ辺りにあった。そこから聞こえてくる声が、菜々美の頭の中を埋め尽くす。

彼の声に心を緩く縛られるような感覚は、なんでも従ってしまいそうな危険性を孕《はら》んでいた。

「気持ち、いいところ……あっ」

顔を出した肉芽を刺激されて、思わず声を上げた。そこを刺激されると、花裂がひくひくと蠢《うごめ》くのを感じる。それだけではない、もっと奥の方、身体の中が熱くてたまらない。

「そこが、いいです。もっと……」

「素直でいい子だ」

深い愉悦を求める気持ちを、そのまま口に出す。隆康の長い指は、誘うようにぷっくりと熟れた媚肉に艶めかしく触れた。

「ここを触って欲しいのか、もっと奥なのか」

ぐっと花弁を捲《めく》った中指が、その蜜を零す芯に押し入ってくる。圧倒的な異物感に身を強張《こわば》らせたのは一瞬で、すぐに蠢《うごめ》く肉襞はそれを受け入れた。

「あっ、入って……」

「ああ、指を入れた。感じるか、俺の指」

「感じ……あっ」

骨ばった指は菜々美の反応を見ながら奥へと進んでいく。お腹《なか》の内側をゆるゆると探られている感覚は、燻《くすぶ》っていた愉楽をじわじわと広げていった。

「狭いな……」

独り言《ご》ちた隆康に、誰かと比べないでと暗い気持ちがよぎる。もちろん彼は、初めてじゃないはずだ。それが嫌だというわけじゃない。ただ、今は自分のことだけを考えて欲しい。人に対してこんな嫉妬のような気持ちを抱いたのは、いつぶりだろうか。人に期待をしないことだけが、どんどん上手になっていった気がする。

「ちょっと広げるぞ」

「や、あっ……なにっ、あっ」

目を塞がれているせいで、花壺をいやらしくも優しく動く指や掌《てのひら》の感触に、敏感になってしまう。掌《てのひら》は肉芽を潰しながら動き、指は二本に増やされてお腹《なか》の内側を擦《こす》るように愉悦の火を高ぶらせる。

「は……ぁ、んぁ……ンッ」

「家に帰したくなくなるな……」

急に身体の中にあった指を抜かれ、背後にいた隆康がいなくなった。ひんやりとした空気が背中に触れ、喪失感から不安げに隆康を捜すように腕を伸ばすと、手を握られて唇を重ねられた。

厚い舌が唇を割って入り、口腔《こうこう》をくちゅりと侵されながら、再びシーツの上にゆっくりと押し倒される。汗ばんだ肌がシーツの冷たさを伝えてきたが、覆いかぶさってきた隆康の体温にほっとした。

「うぅ……あっ」

キスは激しくなり息も絶え絶えになっているのに、指は三本に増やされ、再び蕩《とろ》けた蜜孔を掻《か》き回し始める。

「ひっ」

背中を浮かせて仰《の》け反《ぞ》っても唇は離れない。お腹《なか》の内側の壁を撫でるように擦《こす》られながら、掌《てのひら》は萌芽を潰し、刺激され続けた。

「ぶ、部長……っ」

思わず口にすると、隆康に下唇を甘噛みされる。鈍い痛みに怯《ひる》むと、同じ場所をちろりと舐められた。

「隆康、だ。そういうプレイは会社でなら受け入れよう」

会社でもこういうことをするとも捉《とら》えることができる。想像すると、きゅっと指を締め付けてしまった。

「締まったな。返事と受け取ろうか。今度は会社でしよう」

「それは、さすがに、いやです……っ」

くつり、と笑った隆康の顔は見えないが、ひどく楽しそうに聞こえる。

「菜々美」

耳を口に咥《くわ》えるようにして名を呼ばれて、びりっと電流のような快楽が身体に走った。

「た、隆康ッ……さん」

「隆康でいい」

名前を呼び合うだけで、親密になった気がする。菜々美は隆康の頬を両手で包み込み、自らも舌を絡ませた。

三本の指は奥までぐりぐりと刺激してくる。肉襞を探るように嬲《なぶ》られながら、舌をじゅっと吸われて、ずきずきするような快楽がまた一段と大きくなる。

「……ンッ、はぁ、んっ」

「もう、いいな」

隆康は菜々美の唇に小さくキスを落とす。身を起こしたらしく体温が遠ざかり、ベッドから重さが消えた。

「……隆康？」

「そばにいるよ」

すぐにまたベッドに戻ってきたかと思えば、足を抱えられて硬くて大きなものを花裂にあてがわれた。

それが指ではないことは、確かめなくてもわかる。

ずいぶんと昔に経験しただけだったせいか、初めてのような恐怖がせり上がった。

「あの……っ」

過去に囚われて声は掠《かす》れてしまう。伸《の》し掛かってきた隆康の身体を押し戻すように肩を掴んだ。

隆康は菜々美の動揺を宥《なだ》めるように頬を唇で軽く擦《こす》り、耳元で囁《ささや》く。

「痛かったら、俺を噛むなりしてやり返してくれればいい」

噛めるわけがないと反論したかったが、膨張した尖端で蕩《とろ》けた蜜洞を押し開かれるとそんな余裕は消えてしまった。

少しずつ挿入されていくが、固く閉じていた場所に強引に捻《ね》じ込まれるようで痛い。

「ん……んっ……」

昂《たかぶ》った怒張は容赦なく奥まで入り、狭い蜜洞はぎゅうっとそれを締め付ける。

異物に耐えるように目を固く瞑《つむ》っていると、目元のネクタイが外された。間近で心配そうに覗き込む隆康と目が合って、心臓が跳ね上がる。

「少しこのままで」

瞼の上に唇を落とされた。まるで恋人みたいだと思うと、痛みが小さくなる。

頬に、鼻に、顔のどの箇所にもキスをされた。懸命に宥《なだ》めようとする様《さま》がおかしくて、菜々美は笑みを浮かべる。

「くすぐったいです」

「菜々美に優しくするのが好きなんだよ、俺は」

身体は繋がっているのに、いやらしくも何もないキスを唇の上にちゅっとされた。

「いつも、意地悪を言ってくるじゃないですか」

「男は好きな子に意地悪をするって、知らなかったのか」

片眉を上げて魅力的に言われて、菜々美は恨みがましく見上げる。

「知らないです。だって……」

好きになってもらう理由が、見当たらない。

眉根を寄せると、蜜路を貫いていた昂《たかぶ》りが引き抜かれ、またゆっくりと押し込まれる。

「余計なことを考える余裕ができたみたいだな」

「ああっ」

菜々美は突然膨れ上がった愉楽に、背中を弓なりに反らせた。隆康は感じ入ったように息を吐《は》いて、菜々美の首筋に吸いついた。甘い刺激に肉襞が蠢《うごめ》いて、硬い楔を締め付ける。

「悪いが、動くぞ」

抜かれたと思うと濡れそぼった媚肉に腰を大きく打ち込まれて、泥濘《でいねい》に楔が埋まった。

「やっ」

引きずり出されて押し開かれるという動きに呼応して、肉襞は蠢動《しゅんどう》した。

動きに置いて行かれないように、隆康の背中に腕を回して彼を引き寄せた。

隆康の体温が好きだと感じると同時に、快楽に溺れ始める。律動が激しさを増すと、考えることもできなくなった。

「あっ、やっ、……んっ、んっ、やっ」

「嫌だと言われて止められるほど、俺は聖人君子じゃないことがわかったよ」

隆康は苦笑しながら、菜々美の脚をよりいっそう開かせて、ぐっと腰を打ち付けた。結合部分から、ぬちゃっと卑猥な水音が聞こえる。

最奥に昂《たかぶ》りの尖端が届いて、菜々美は呻《うめ》きながらもそれを受け入れた。身体だけでなく、心にまで隆康が深く侵入してきている。

菜々美の気持ちに沿うように蜜はずっと零れてシーツを濡らし続けている。

「シーツが、濡れて……っ」

「ああ。洗えばいいだけだろう。——よく濡れて、締め付けて、菜々美は良すぎる」

腰を打ち付けられながら褒められて、蜜肉は淫《みだ》らに蠢《うごめ》きながら絡みつく。もっと貫かれても大丈夫な気さえしてくる。

隆康の情欲が自分に向けられているだけでとても嬉しい。

手に負えないほどの熱い快楽が身体に強く根を張って、その出口を探していた。

腰を掴んでいた隆康の手が浮かんでいる丸い臀部を撫で上げ、肉芽を押し潰す。

「ひっ」

身体をびくっと跳ねさせて、胸を突き上げるように身体が反った。まるで誘っているようだと自分でも思うのに止まらない。

「胸もお尻も形がいい。誰にも渡せないな」

悦に浮かされたような隆康は律動を止めず、菜々美の感じる場所に的確に触れていた。

「もう……っ」

下肢から激しい愉楽がよじ登ってきて、解き放たれたいと菜々美をせっつく。

「締め付けが強くなってきたな……」

隆康は体格の差を考える余裕など消えたように、容赦なく蜜洞を突き始める。

菜々美はその肉棒に貫かれ、上がってくる快感に意識を朦朧とさせた。

内側に意識が集中し始めると腰が勝手に動いて、その快感の昂《たかぶ》りに呑み込まれる。

「あぁっ、あああぁ、あっ、いっ、んっ……」

頭の中が真っ白になり、身体が浮遊したように感じた。

どっと身体に重さが戻ってきたとき、隆康の猛《たけ》りが痙攣《けいれん》して滾《たぎ》りが迸《ほとばし》る。

「良すぎる……」

二、三度、腰を打ち付けて残滓を吐《は》き出すと、隆康は菜々美を抱き締めた。

「いい匂いがする」

隆康はぼそりと言って菜々美のこめかみに鼻を擦《す》り付ける。浮遊感が抜けきれないまま、その行為に幸せを噛みしめた。

「お風呂、入ってないですけど……」

「なら、後で一緒に入ろう」

汗ばんで早くシャワーを浴びたいのに、まだこうしていたいと思う。

薄暗かった心の奥底に一筋の光が差し込んできて嬉しいのに、怖い。

隆康は何かに気づいたのか唇を塞いできた。考えすぎた気持ちを振り払うように、口腔《こうこう》に侵入してきた舌に、菜々美も自らの舌を絡ませた。

3

隆康の家から帰宅したのは翌日だった。こっそりと家に入ったつもりだったが、耳敏《みみざと》くリビングから顔を出した博子に意味ありげな笑みを向けられた。

出社後、最上階にある社員食堂で本日の定食を食べながら、博子の何か聞きたそうな雰囲気をぼんやりと思い出していた。

無理に聞いてこないのは母親らしいのだが、気になっているのは事実だろう。独身でいる菜々美の意思を尊重はしてくれているが、娘が産んだ孫を抱きたいのだ。

年の離れた兄の娘にあたる、中学生になる孫を可愛がってはいるものの、兄嫁の手前もあり口や手を出すのも気を使うらしい。

娘の子どもならもっと可愛がることができる、と零しているのは何度か聞いた。まったく男の気配がなかった菜々美の朝帰りに、いろんな想像を膨らませているのは火を見るよりも明らかだ。

菜々美はぼぅっと窓から外を見る。

あの日の隆康は終始紳士で優しかった。家まで車で送ってくれたし、実家の前まで行くことを渋ると最寄り駅で降ろしてくれた。

降り際《ぎわ》に手を握られて『また』と言われた意味は、もう何十回も考えている。

一線を越えたけれど付き合おうとは言われていない。もちろん、この関係について聞く勇気はなかった。

抓《つま》んでいたトマトが箸から皿に落ちて、菜々美ははっと我に返る。

隆康は朝から取引先に直行したようで姿はなく、そのおかげで仕事に集中できている。

でも、もし会ったら、どんな顔をすればいいのかわからない。

「社食にいるなんてめずらしい。言ってくれれば、一緒に来たのに」

ふいに声を掛けられて、菜々美はびくりと身体を震わせた。

「亜子」

「ここ座るね。今日はお弁当じゃないんだ」

亜子が本日の定食のトレイをテーブルに置き、椅子を引いて座る。

「お弁当のおかずを作っていなかったの」

いつも週末に翌週のお弁当のおかずを作って冷凍をするのだ。だから菜々美は常にお弁当持参だった。

料理が好きなのかと聞かれるがそれは違う。手順を踏めばちゃんとしたものが出来上がることが、ストレス解消になるのだ。でも、話してもあまり理解はされない。

「へぇ」

亜子は軽く目を見開いた。菜々美にとって料理は気持ちのリセット方法であるのを知っているからだろう。

「週末はそれより大事なことがあったってわけだ」

どきりとした。身体の節々はまだ痛くてどこか気怠《けだる》いままだし、何よりも肌が隆康の体温を覚えていて落ち着かない。

何度も求められて受け入れたあの時間は、夢だったのではないかと思うほどに、濃密な時間だった。

「まぁね」

「ふむ、さしずめ、いい日本酒でも飲みすぎたかな」

「バレたか」

そういう風に考えてもらうと助かる。菜々美は食べ終わった定食に手を合わせてごちそうさまを言うと、水を口に運んだ。

「そういえばさ、季節外れの人事異動の噂、聞いた？」

定食の鶏のから揚げを食べながら亜子が言った。人事異動、と繰り返すと、彼女は嫌そうな顔をする。

「なんと、舛井萌咲」

菜々美は息を呑んだ。この間、課長から引き継いだ取引先を戻されたことや、砂野が言っていた異動願の話と繋がったからだ。

用事があって亜子が総務部に行ったとき、人事異動の話をしていたというから、もう具体的な時期等を詰める段階のようだ。

「聞き間違い、人違いの可能性もあるでしょう」

「相変わらず冷静ね。なら、いいんだけどさ。この間から変な噂を聞いてたから、なんだか納得しちゃって」

亜子は菜々美と違って、いろんな人と気軽に話すタイプだ。さまざまな話が彼女のところに集まってくるが、不確かな噂を広めない慎重派ではある。

噂ってなんだろうか、と疎《うと》い菜々美は首を傾《かし》げた。

萌咲が部署異動せざるをえないことをやらかしたのであれば、それは怖すぎて聞きたくない。

「ちゃんと発表されるのなら、ただの人事異動でしょう」

中途採用の人が入ってきたから誰かが異動するなど、季節外れでも人事異動はある。

「それがさ、枕、していいるらしいんだよね」

菜々美は眉根を寄せた。

「枕？　どういうこと？」

「え、まじで、わかんないの？　天然なんだか、世間知らずなんだか」

辺りを見回した後、亜子が上体を近づけてきたので菜々美も顔を寄せる。

「枕営業。上司と寝てアプリの課に異動するって」

亜子の言葉に心臓が刺されたように痛んだ。上司である隆康の家で一晩を過ごしたのはつい昨日で、頬が軽く引きつる。

確かに萌咲はアプリ開発の課に異動願を提出済と砂野からも聞いた。だが、あの課は隆康が目を掛けていて、花形の社員が集まっている。寝たくらいで、異動できるとは思えない。

「一応、その、聞くけど。寝たって……、男女の、関係的なって、こと？」

「添い寝だけで動くわけないじゃん。それ特殊な性癖だから」

亜子はぼやきながらも、ご飯に味噌汁にどんどん食べていく。

この話を聞く前に食事を終えていて良かったと思った。きっと、喉を通らなくなったはずだ。

「でも、誰と……」

菜々美はどきどきする心臓を押さえながら聞いた。

人事を動かすとなると部長の承認だって必要となってくるだろう。部長は隆康で、彼が売上を支える課に萌咲を異動させることを了承したのだろうか。

「聞いて驚け」

亜子は得意げな顔で、唐揚げを箸に刺して菜々美に向けた。

「相手は、なんと、鬼原、クールイケメン、部長」

妙なミドルネームを付けていることに突っ込む余裕はない。内臓を鷲掴みにされたような気持ち悪さに、菜々美は真っ青になる。

その変化に気づかない亜子はそのまま続けた。

「まぁ、噂だけどねぇ。でも、あの舛井、顔だけは可愛いし、胸も大きいし。部長も男だったんだなぁって納得できなくもなくてさ」

「そうだね……」

途中から亜子の声が遠くに聞こえた。

隆康に好きだと言われたことが、寝るためのただの嘘だったとしたら。

「……その噂ってどこからのものなの」

「それがさ」

亜子は顔を曇《くも》らせる。

「あの子が自ら発信してるっぽいよ。仲がいい子たちに、寝たら落ちたって言ってるみたい」

「本当だとしても、口にするべきことじゃないね」

菜々美は胃の辺りを押さえた。隆康は部下と寝ているのだろうか。

惹かれていた自分を抑えられているうちに知っていれば良かったが、もう遅すぎる。

動揺と混乱で呼吸が短くなりそうなのを、窓の外の風景を見て落ち着かせようとするが、無理だった。時間が少し必要だ。

「さすが、冷静だね。そんなクールな状態で参加してもらいたいのがコンパなんですけどね」

勝手に話を終わらせた亜子が、ニコニコとスマホの画面を向けてきた。

「今週の金曜日はいかがでしょうか」

「わかった。店とか時間とか、決まったら教えて」

早く、隆康と過ごした週末を過去にしたかった。

最悪、二股をかけられている可能性がある。本当に、最悪だ。

亜子が食べ終わるのを待って、一緒に席を立った。食堂から出てエレベーターホールで下りが到着するのを待つ。

「でさ、お互いコンパにちゃんとした人を連れてくるとは向こうと話しているんだけど、私が狙ってる人は誘惑しないで欲しいの」

「誘惑なんてするつもりないですから」

エレベーターが開き人が降りるのを待っていると、亜子が声を上げる。

「あ、部長だ。お疲れ様でーす」

最後に降りてきたのは、スーツを完璧に着こなした、週末の出来事など微塵《みじん》も感じさせない隆康だった。仕事中の彼の雰囲気には近寄りがたい壁がある。

「お疲れ様」

隆康が軽く手を挙げたので、その手に身体中を撫でられた記憶が勝手に肌を熱くさせた。

仕事中だから仕方ないのに、二人だけのときに見せた砕けた雰囲気がないことが拒まれているように感じる。

近寄りがたさと、さっきの話が心の中で重なって、菜々美は閉まっていくエレベーターのドアに視線を移した。

「亜子、行こう」

亜子を促《うなが》したが、さっきまでしていた噂話はなかったかのように、彼女は気軽に隆康に話しかけ始める。

「今からお昼ですか。本日の定食はおいしかったのでおすすめです」

「あったらそれにしようか。近内さんも食べたのか」

隆康は何げなく話の輪に入れてくれたが、その大人な対応にもよそよそしさを感じた。

気のせいだとは思うのに、さっきの噂話が頭の中で警鐘を鳴らしていて、警戒してしまう。

「はい、食べました」

とてもそっけない返事に、隆康が怪訝《けげん》な顔をしたのがわかった。

「あと少し早ければご一緒できたのに」

悔しそうに口にする亜子の、コミュニケーション能力の高さに感服する。

次に来たエレベーターからまた人が降りてきた。隆康に挨拶をしていく人が多く、そのせいか、亜子は少し得意げだ。この立ち話を終わらせるつもりはないらしい。

隆康の視線を感じるのは自意識過剰だと思いながら、菜々美はじっと息を潜《ひそ》めていた。

「近内さん、体調が悪いのか」

「いえ」

咄嗟《とっさ》に答えたが、やはり愛想がゼロになった。

ここは仕事場で隆康は部下を気遣う完璧な上司でいてくれるのに、うまく答えることができなかった自分を責める。

「問題ありません。でも、ご心配ありがとうございます」

隆康の目ではなく鼻の辺りを見て返事をした。心が閉じてしまったせいで固まった表情は、そうそうほぐれない。

隆康が優雅な立ち居振る舞いで一歩近づいてきたのを、避けるために亜子のそばへ下がった。彼の口調に焦りが滲《にじ》んだ気がする。

「本当に、大丈夫か」

隆康の声色に、週末に一緒に過ごしたことを思い出させる熱さがあった。こういうことに敏《さと》い亜子に聞かれたくないと焦る。

もう離れたいと、菜々美は隆康に小さく頭を下げた。

「亜子、もう行こう。部長、ご心配ありがとうございます。具合が悪ければ課長にお願いをして早退させてもらいます。部長も早く社食へ行かないと、お得な定食が売り切れてしまいますよ」

顔を上げたときには、仕事をする自分に戻っていた。会社《ここ》はプライベートを楽しむ場所じゃない、仕事をする場所だ。

冷静で礼儀正しい笑みを浮かべて隆康を見上げると、彼が怯《ひる》んだのがわかった。

何か負い目があるような態度に感じて、胃がますます痛む。萌咲と隆康の『噂』に、心の中に疑いが渦巻いていた。

「部長、この間みたいに、また飲み会に来てくださいね」

「……ああ、わかった」

亜子は隆康にペコリと頭を下げてまたエレベーターのボタンを押す。菜々美も小さく頭を下げた。隆康は何か言いたげな視線を向けてきたが、気づかないフリをする。そんな自分の態度が、彼に機嫌を取ってもらおうとしているようで、嫌だった。

それでも、どう振舞えばいいかわからない。

二人の雰囲気をよそに、亜子は菜々美の顔を覗き込む。

「そうそう、コンパに来るときに肌の露出は禁止ね。菜々美、襟ぐりの広いのをよく着るじゃん」

「服も自由に選ばせてもらえないの」

「主役は私にください！　菜々美の相手はギャルが好みらしいから……うーんと、白シャツで」

「白シャツって、その方が本気みたいじゃない」

コンパの話をして気を紛らわせてくれる亜子に感謝をしつつ、エレベーターが来るのを待つ。

ふと視線を感じて振り返ると、社食の前で立ち止まり、感情を押し殺した静かな目をした隆康と目が合った。その表情を見て、自分の心がざっくりと傷つく。

自分の機嫌は、自分で取るって決めたのに。

褒め褒めアプリだって、そのためのものなのだ。他人に自分の機嫌を左右されたり、その逆をしてしまったりしたくないから、いろんな方法を試して、アプリに辿《たど》り着いた。

そんな努力を、たかが噂話で全て無駄にしようとしている。菜々美は唇を噛んだ。

隆康を勝手に疑って、冷静になろうとしなかった。

どうしてだろうと自問して、好きだからだと答えはすぐに出る。

とても好きになってしまったから、ちょっとしたことに傷ついて信じられなくなる。

菜々美は隆康の姿を捜したがもうそこにはいなかった。後悔がどっと身体を重くする。

エレベーターが来たが、お昼のピークを過ぎたせいか、一人しか降りてこなかった。

隆康に好きだと何度も告げられたことが、彼の体温と一緒に思い出された。何を信じるか信じないかを決めるのは自分なのに、噂に右往左往している。

謝って許してもらえないくらいに怒らせたかもしれない。でもそんな葛藤を含めて恋だとすれば……

「どうかした？」

コンパの話を延々としていた亜子が小首を傾《かし》げる。まったく話を聞いていなかった菜々美は、笑って誤魔化した。

「なんでもない。好きな人と付き合えるといいね」

「付き合うもん」

あっけらかん、と答える亜子にいつもなら呆れるところだが、今回は尊敬の眼差しで見つめた。

隆康に好きだと言われたけれど付き合うことにはなっていない。彼が本当はどう思っているのかに触れたくないのは、この関係を壊したくないから。

菜々美は平穏な日々がなくなったことを認めた。

今回ばかりはコンパでの亜子の態度から学べるものがあるかもしれないと思ってしまう。

隆康の真剣な眼差しを思い出し自分を鼓舞して、菜々美は彼にメッセージを送った。


本日の定食が売り切れていたのは想定内で、隆康はいつもの焼魚の定食を選んだ。

昼のピークを過ぎた社食は人もまばらで、席を探す手間も省ける。外で昼食を済ませないときには時間をずらして利用をしていた。

今日は取引先へ直行していたのだから、別に食事を済ませて帰社しても良かったのだ。

けれど、菜々美に会えるかもしれないと気持ちが逸《はや》って帰ってきてしまった。

――でも、あの態度か。

偶然にもエレベーター前で会えた菜々美の態度は、よそよそしいというレベルではない。拒まれていると感じた上に、コンパの話まで聞こえてきたのだ。

週末に一緒に過ごした時間を、特別だと思ったのは自分だけだったのか。

湧き上がった強烈な怒りは自制心で抑え、そんな思いを抱いた自分を客観視すると力が抜ける。

――近内菜々美を、独占したい。

その想いが一貫してずっと続いていて、それが強くなっているのを実感した。

定食のトレイを持って窓際の席に着き外を見る。雲が薄い青色の空を速いスピードで流れていた。

近内菜々美を意識したあの日も、この空を眺めていたなと思い出す。

大学のときにアメリカに行ったのは、当時の彼女が原因だ。

その頃の自分はまだステレオタイプを常識だと信じていて、その常識を踏まえて行動することが正しいと思っていた。可愛いが我儘で煩《わずら》わしいと感じることもあった彼女でも、付き合ったからにはある程度は許容するべきだ、という枷を自分に嵌めていたのだ。

好きだったのか、と自分に問うてもわからない。

だから、女王のように友人に囲まれ学食で食事をとる彼女の、声高《こわだか》な話し声を偶然でも聞いて良かったと思っている。

『あの男、なんでも言うことを聞いてくれるの』

自分の存在に気づいた友人たちは真っ青になり彼女の肩を小突いていたが、自分自身はとても楽になった。

聞かれたと気づいた彼女が慌てるでもなく普通に近寄ってきたのを払いのけて、関係は終わったのだ。

それから、興味のあったアメリカの大学に編入をする。

親は渋ったが、後押ししてくれたのが伯父である鬼原道徳だ。広い世界を知るのはいいことだと両親を説得してくれた。

伯父からうちの会社に入って、手伝ってくれないかと連絡が来たのはその八年後。

既に、若さと勢いで友人と立ち上げたアプリケーション開発の会社が軌道に乗っていて、その話にはなんの旨みも感じられなかった。

伯父が一代で会社をあれだけ大きくしたのはすごいと尊敬はしていたし、親にアメリカに行くメリットを説いてくれたのは彼なのだから無下《むげ》にはできない。

しばらく日本に帰っていなかったのもあり、せめて話くらいは聞こうと一時帰国をして、伯父の会社へ赴《おもむ》くことにした。

社長室で迎えてくれた伯父は相変わらず若々しかったが、さすがに年を取っていた。

社員が路頭に迷わないための後継者の話をされれば、規模は違えど同じ経営をする身としては真剣に考えたのは事実だ。

けれど、情に流されて判断を誤るのは社会に揉《も》まれて経験済だった。

会社の中に漂う日本企業の空気が合わないと感じたこともあり、手伝うことは難しいと返事をした。

道徳がたった一度で諦めるはずもないのは予想できていて、日本にいる間に何回か見学に来てくれと見送られた、その日。

肩に押《の》し掛かった重いものを払うように空を見上げると、薄い青色の空に雲が流れていた。

伯父の熱量を考えれば納得させるのは無理だと感じたのは、直感でもなんでもない。きっとそばにいた秘書もそれを感じていただろう。

アメリカに戻ろう、と思ったときだった。

『落としましたよ』

人を不快にさせない、丸みのある声音。少し息が切れているのは、走って追って来たからだろう。

最初に目に入ってきたのは、差し出された自分のものではない、ブランドの刺繍がされた品のいい茶色のハンカチと、その上に置かれた桜色に塗られた爪。

ネイルの上品な色合いと、形のいいその爪にまず釘付けになった。

やっとその声の主に目を向けて、心臓がひとつ、大きく跳ねる。

最低限の化粧だけなのにきれいな面立ちと、きっちりとひとつに纏《まと》められた艶《つや》やかな黒い髪。大きな黒い目は輝いていて、知的で純粋そうな美しさを際立たせていた。

整った顔立ちに、女らしい丸みを持ってはいるが、すらりとした体形。そんな生まれ持ったギフトに無頓着な様《さま》に興味を引かれた。自分の周りにいる女性なら、魅力として使うはずだ。

彼女はスタイルのいい身体をなんの面白みもないグレーのセットアップスーツに包み、ただ自分を見上げていた。

上気した頬と、人のいい微笑に、自分のものではないと答えるのを躊躇《ためら》う。

『あの……』

彼女は不思議そうに首を傾《かし》げて、それから目を大きく見開き、頬を真っ赤に染めていった。受け取らない自分の態度から、持ち主が違うと気づいたのだろう。

『ごめんなさい、はやとちりをしました』

ぎゅっ、とハンカチを握りしめて、恥ずかしそうに目を伏《ふ》せる彼女の感情の繊細さに、磁石のように惹き付けられた。

またあの一点の濁《にご》りもない笑顔を向けられたいと願うと、口からするりと嘘が出る。

『いや、俺のです。ありがとう。助かりました』

微かに震える手からハンカチを受け取ると彼女は瞬《まばた》きをした。それから、安堵を滲《にじ》ませた繊細な微笑を浮かべる。

『良かった』

その曇《くも》りのない心からの笑顔に衝撃を受けた。こんな表情をできる女性がいることに、驚きを隠せなかった。

自己主張の強い女性ばかりに囲まれているせいかと思ったが、何か違う。

もっと彼女を知りたい、という強い思いに心が動いた。

笑顔ならいくらでも向けられる。媚びが見え隠れする、下心のある笑み。だからか、人の笑顔に興味をそそられたこともない。

自分の思いなど知らない彼女は頭を下げると、くるりと背を向けて歩き出してしまう。その姿を呆然と見つめながら、きれいだと感じた。

まるで思春期の少年に戻ったような衝動に、追いかけようと足を動かす。

だが、ピタリと止まった。

『近内さん！』

スーツを着た男が、少し遠くから彼女に対して手を挙げて呼びかける。

——ちかうち。

彼女は男が来るのを待つと、一緒に株式会社キハラハードの本社の中に入っていった。ごくり、と生唾《なまつば》を呑む。

この本社ビルには五階までテナントが入っているのを、伯父から聞いたばかりだ。六階以上なら『近内』は伯父の会社の従業員だということになる。

考えるよりも先に身体が動いた。

隆康はちゃんとスーツを着てきた自分に感謝をした。何食わぬ顔でまたビルに入り、いつでも見学に来いと伯父から受け取っていたビジターズカードを使って、セキュリティゲートを潜った。

エレベーターホールでエレベーターを待つ近内を目で捉える。真剣な眼差しで男と話している彼女は隆康に気づいていない。

ストーカーのような自分に苦笑するも、欲しいものを得るには素早い行動が必要なことをよくわかっていた。

同じエレベーターに乗り込んだとき、近内が驚いたようにこちらを見る。軽く会釈をすると、彼女も礼を返してくれたが、先程のような柔らかさはなかった。

近内が降りた階が七階だったのを確認すると勝利した気分になる。そのまま乗り続け社長室がある十四階で降りると、社長室の重厚な扉を叩いた。

『どうぞ』

『失礼します』

隆康がそう言って入ると、椅子に座って書類に視線を落としていた伯父は、顔を上げて目を丸くする。

『なんだ、働く気になって帰ってきたのか』

にやりと笑った道徳の横で、彼に書類を差し出していた秘書が迷惑そうな顔をした。アポイントがないのだから当然だろう。

時間もなかったので、単刀直入に聞いた。

『社員について、聞きたいことがあります。個人情報を含むかもしれません』

『駄目ですよ』

道徳が答える前に、秘書の若木千夏《わかぎちなつ》が声を上げた。

『社長が甥に甘いのはよくわかりましたが、社員の個人情報は社内であっても開示はできません』

社長の身内が大きくなった会社で幅を利《き》かせるのは非常に良くない。

歳は自分と同じくらいだろうが、物おじせずにちゃんと発言できる勇敢さを持った千夏に、隆康は真剣な顔で頷いた。

『わかっています』

一息置いて、困ったような表情を作ってみせる。

『会社の前でハンカチを落としたんです。拾ってくれた女性がすぐに誰かに呼ばれて、急いでこのビルに入ったので、礼を言いそびれてしまった』

スーツのポケットから、誰のものかも知らないハンカチを出した。

『恩人からの、大事な贈り物だったんだ』

嘘だが疑うのが難しいシナリオだ。千夏は眉を顰《ひそ》めたが、何も言わない代わりに道徳に視線をやる。

『それで？』

道徳は広くて厚い机の上で肘をついて、先を促《うなが》した。

『テナントの方であれば諦めようと思ったのですが、もしかして、うちの社員かもしれないと思いまして』

『ふむ』

するすると出てくる言葉を、道徳がどう思っているかは、その表情からは読み取れない。

『礼を言うために、戻ってきたと？』

頷くと、顎《あご》を撫でながら道徳は薄く笑った。

『まぁ、いいだろう。いるかいないかは伝えよう。捜したければ、入社すればいい。名は？』

『社長！』

『名前だけで、個人は特定できんよ』

千夏の非難の唸《うな》り声は黙殺される。

『近内』

道徳は傍らに置いていたノートパソコンを開き、自らキーボードを叩いた。画面を見る目が細くなって、右側の口角を意味ありげに上げる。

『一人、在籍している。――性別は伏《ふ》せておこうか』

道徳は訳知り顔でノートパソコンを閉じた。横で千夏が険《けわ》しい顔で、聞いていないフリをしている。

『十分です』

やはり彼女はこの会社にいるのだ。それだけで気分は高揚したが、もし彼女が退職をすれば見失う。

職をすぐに変えることも普通の国で働いているせいで、焦燥感がじわじわと身体を蝕《むしば》んだ。

あのとき、追いかけて声を掛けていればと拳を握りしめる。だが、連絡先を聞いてどうするつもりなのかとも思う。自分はアメリカに戻るつもりなのに。

『社長、次の会議に遅れますよ』

千夏がさりげなく時間を伝えると、道徳は椅子から立ち上がった。タブレットを手にして、彼女に指示をする。

『悪いが、甥を下まで送ってやってくれ』

『はい』

道徳は隆康の肩を二度ほど叩いて、『またな』と言い残して笑顔で社長室を出て行く。

扉がしっかりと閉まってから、千夏は口を開いた。

『社長命令ですので、迷わないように、物を落とさないように、下までお送りします』

彼女の嫌味に隆康は声を立てずに笑う。こういう女性に囲まれてきたせいか、初めて会った気もしない。

『俺の何が気に入らないかを聞いてもいいですか』

彼女の後ろを大人しく付いていきながら、率直に聞いた。千夏はそういう質問に怯《ひる》むでもなく、淡々と答える。

『社会人として、最低限のことを守っていただければ、別に何も』

アポイントなしの訪問と、個人情報のことだろう。隆康は素直に頭を下げた。

『これからは予定を確認してから伺います』

『そうしていただけると助かります』

誰か、社長の身内が、幅を利《き》かせて秘書課を困らせてきたのか。それは自分の親族のことでもあるし、深く追及はしないことにした。

エレベーターに乗っている間も、降りた後も、近内の姿を無意識に捜す自分がいて戸惑う。

千夏は会社のエントランスに着く頃には態度を軟化させていたが、周りを見渡す落ち着きのなさに気づいたのか、渋い顔で見上げてくる。

『これは、私個人のお願いですけれど』

『はい』

千夏は悩んだ末に、もどかしそうに口を開いた。

『……近内さんは新入社員です。今、仕事を覚えるために頑張っているところですから、接触はしないで欲しいです』

新入社員、と聞いてあの純粋な感じの理由がわかる。だが、大勢いる新入社員の一人だけを千夏が心配する理由がわからない。

なんでもいいからもっと知りたくて聞いた。

『知り合いなんですか』

『いえ、知り合いではないです。新入社員の研修で、印象が良かったから覚えているんです。秘書課に来ないかと少し期待をしていたのもあって』

残念そうな顔をしたところを見ると、社長にもさりげなく直談判《じかだんぱん》したのだろう。

やはり、輝くものが人を惹き付けるのだ。ざわり、と心が波立つ。仕事に余裕が出てくれば、彼女はどんどんきれいになるはずだ。近い将来に、きっと虫がつく。

『仕事に精一杯の時期か……』

自分にも覚えがあった。異性のことなど二の次になる時期が、人生には何度も訪れる。

そんな大事な時期に社長の甥が会いに来たなどの噂が立ち、変に周りに注目させるのは確かに彼女にとっては良くない。

ならば、このまま諦めるのかと自問すれば、否定をする強い気持ちが湧き上がってきた。

千夏は天を仰いでから、不承不承というように自分を見る。

『……あなたも、この会社で精一杯の時期を過ごせばよろしいのでは』

彼女の提案に目を見開いた。この会社で働けば、問題なく近内に近づける。アメリカに戻るという気持ちが大きく揺らいだ。

『会社を軌道に乗せる経験があるということは、いつでもまた起業できるということだと思います。一度、人に使われてみてはいかがですか。それが社長であれば、あなたも納得できると思います』

では、と頭を下げて去っていく千夏に、道徳が彼女を重用している理由がわかった。率直だが思慮のある物言いは人を傷つけない。それができる人材は貴重だろう。

その言葉で自分も、たった一度の、会話らしい会話もない女性のために、築き上げたものを手放そうとしている。

友人がそんな話をしてくれれば、バカバカしいと一蹴するに違いない。

でも、自分はどうしたいか。一等地に立つ本社ビルを見上げて、隆康は自分を嘲笑する。

——馬鹿になってみようか。

そう決めたあの日から、自分の挑戦の日々が始まったのだ。どうかしている、と呆れる友人にアメリカの会社を託し、キハラハードに就職した。

近内菜々美の純粋さは時が経つほどに影を潜《ひそ》め、その代わりに慣れてくるとともに美しく、そして近寄りがたくなっていった。

人と簡単に交わらない、噂話はしない、弱音は吐《は》かない、飲み会も最低限しか参加しない。上司という立場のせいで、ますます取り付く島がなかった。

そんな彼女の壁を偶然にも突き破ることができたのは、出会って四年目。

褒め褒めアプリ、というアプリには感謝しかない。

この偶然を逃すわけにはいかないのだ。

定食に口を付けずに物思いに耽《ふけ》っていたらしい。我に返った隆康は箸を手に取り、食事を始める。

冷静になって、菜々美とちゃんと話し合わなければいけない。やっと自分を視界に入れた彼女を手放したくなくて、性急にことを進めたのは認めざるをえないのだから。

考えているとスマートフォンが、メッセージが来たことを振動で伝えてきた。

『お疲れ様です。サインをありがとうございました。姪に話したらとても喜んでいました』

週末はまるでサインの受け渡ししかなかったような、そんなメッセージだ。

ほぼ二十年ぶりに苦手な犬を抱くまでした涙ぐましい努力を知っているのが、社長一家だけだと思うと悔しい。

続いて入ってきたメッセージに、気持ちがまた曇《くも》る。

『体調は問題ないです。ご心配も、ありがとうございました』

これで終わり、とでも言いたげだ。

この素っ気なさが、男の狩りの本能をくすぐるとは思いもよらないらしい。

彼女の仕事に影響があってはいけない、と理性を働かせていられるのも、いつまでかわからない。

隆康は時計を確認した。

十二時五十五分、まだ昼休み中だ。躊躇《ためら》うことなく、菜々美へ電話をする。
一、二、三とコールが重なり、出ないのかと諦めかけたときだった。
『お疲れ様です』

強張《こわば》りがよくわかる声に、緊張を感じる。それでも出てくれたことが嬉しい。

「お疲れ様。まだ、昼休みでいいか」

『はい。大丈夫です』

よそよそしい声に、素の彼女を引きずり出したくなる衝動をかろうじて抑えた。

「週末は無理をさせて悪かった。また、無理をさせたくはないが、……今度、いつ会えるかを聞きたい」

菜々美が電話口で、息を呑んだのが伝わってくる。断られても、次の手を考えて搦《から》め捕《と》るだけだ。

『私で、いいんですか』

菜々美の絞り出すような、微かに震えた声に、違和感を覚えた。その質問の意図を問いただしたかったが、電話では適していないと判断する。

「他に誰がいるんだ」

『それは、私にはわかりかねます』

エレベーター前で会ったときの表情と重なって、心が警鐘を鳴らしていた。自分は、いつの間にか菜々美を傷つけたのだろうか。

「そうか、なら今日だな。今夜だ」

『え』

「仕事が終わったら連絡をくれ。一緒に、うまい日本酒を出す店に行こう」

口調を柔らかくすると、菜々美が緊張を解《ほど》いたのがわかった。日本酒、というワードには抗《あらが》いにくいのはもう知っている。

『月曜日ですよ』

「なら、家飲みでもいいな」

『どうして、そうなるんですか……』

力の抜けた声には親密さが戻っていて、心の中に安堵が広がっていく。仕事用のスマートフォンが鳴って、隆康は心の中で舌打ちをした。

まだ関係は始まったばかりで、互いの気持ちを理解し合えていない。ここで亀裂が入ると取り返しがつかなくなる。

「会いたいから。もっと話したいが、悪い、仕事の電話が入ったから切る。今夜に」

『あ、はい』

もっと話したい気持ちを押し殺して電話を切る。

もどかしい気持ちが、ずっと燻《くすぶ》っていた。どうすれば、近内菜々美の全てを手に入れられるのか。

四年も待たされたせいで、ますますおかしくなっている。コンパの話を聞いたからかもしれない。

菜々美も自分と同じくらいに、自分を求めてくれる日が来るのか。

気持ちを切り替えるために息を大きく吸って、隆康は取引先から掛かってきた電話に出た。

昼休みが終わっても、まだ隆康の良すぎる声での誘いが耳に残っている。

まさか、電話が掛かってくるとは思わなかった。周りに仕事の話だと思わせる態度を取るのに精一杯で、席を立てば良かったと気づいたのは今だ。

入社してから少しずつ築き上げた冷静さは、彼が絡むとたちまちどこかへ消え去ってしまう。

『仕事が終わったら連絡をくれ。一緒に、うまい日本酒を出す店に行こう』

親密な響きを持たせた隆康の低い声を思い出すだけで、甘い時間を分かち合った記憶が蘇《よみがえ》り、鼓動が速まった。

勇気を出してメッセージを送って良かったのだ。彼は怒っていなかった。

寝たからと終わりにせず、ちゃんとまた食事に誘ってくれる。それ以上を望むのは贅沢だ。

萌咲との噂のことは、今は考えたくない。心の奥底で渦巻く不安を押し込めて、午後の仕事に取り掛かろうとしたとき、課長の砂野に声を掛けられた。

後ろには萌咲がいて、菜々美の頬がぴくりと引き攣《つ》る。今、一番会いたくない人だ。

「空いている会議室を押さえてくれないか。三十分でいい」

萌咲が我関せずといった顔で、ストーンが付いたネイルを眺めている。

会議室の予約なら彼女にもできるはずだ。反抗的な気持ちをぐっと抑え込み、空いている会議室を探す。

会議室フロアに、三十分だけなら空きがある部屋があった。

「今から三十分後に、十三階のA会議室に空きがあります。定員六人ですが、問題ありませんか」

「そこを押さえておいてくれ。それと、篠田さんたちにも声を掛けて、三十分後に近内さんも来るように」

萌咲が見下すような目で自分を見ている。嫌な予感がしたのだが、見事に的中した。

三十分後、会議室に集まった面々に砂野は伝える。

「来月の頭から、彼女は希望した課に異動になることになった。それで彼女に渡した担当は元に戻すことになる」

担当の取引先だけでなく、菜々美には庶務的な仕事も戻ってくるのだ。自分に強いられた仕事量に呆然とする。

萌咲は皆の気持ちを慮《おもんぱか》ることなく意気揚々と挨拶をし始めた。

「アプリ開発に異動になります。私なりに勉強をして、売上を担う課の一員となって、頼られる存在となります」

空気が凍るだけで、なんの実りもないミーティングはすぐに解散となる。

オフィスに戻る気になれなかった菜々美と篠田は、なりゆきで会議室フロアの自動販売機の前で休憩をすることにした。

篠田はスポーツドリンクを買い、菜々美にブラックコーヒーを奢《おご》ってくれる。

「どうして、この中途半端な時期なのでしょうか」

「いろいろ、重なったんだと思うよ」

菜々美は壁にもたれ、目を瞑《つむ》った。

亜子から聞いた噂話が、暗雲のように頭の中に立ち込めるのを抑えることができなくなった。

「……噂話に、関係あると思いますか」

「近内さん、あの噂を知ってるんだ」

意外だと言わんばかりに篠田に目を見開かれて、菜々美はうろたえる。

「はい」

「まぁ、ゲスな噂ほど、広がるのも速いか。でもまぁ、気にしないことだね」

篠田はペットボトルをべこりと凹ました。

隆康は飲み会にも参加しないと有名な人だと聞いていた。どうやって萌咲と親しくなったのかと考えて、自分と隆康とのきっかけを思い出す。

仕事だ。隆康は面倒見がいい。

なぜとどうしてがぐるぐる回って、健全な思考力を奪っていく。

おまけに、自分も上司と寝てしまった。菜々美は真っ青になって手元のコーヒーの缶に目を落とした。その行動がひどく浅慮であったと胸を抉《えぐ》る。

萌咲と別れたから、次は口の堅そうな自分を選んだ。そんな、自分を悪戯《いたずら》に虐《いじ》める考えまで浮かんで、気分が悪くなる。

「顔色が悪いよ。無理もないか。仕事が増えたんだから」

「うんざりするほどに増えましたね」

菜々美は勘違いしてくれる篠田に感謝をした。

問題は仕事じゃなくて、隆康をますます好きになっていることだ。

具合の悪いままオフィスに戻ると、いつになく背筋を伸ばして、揚々としている萌咲に声を掛けられた。

菜々美は心を閉じて、身構える。

「引継ぎってどうしましょう。一日付で異動になったら、もうこっちの仕事はできないし」

浮立つ気持ちを堪《こら》えきれない様子の萌咲に、菜々美は口元を強張《こわば》らせた。こういう態度が男に好かれるのならば、自分は一生独身だろう。

「……小口現金や立替金の管理はしていたので問題ありません。今月までのデータだけは合わせておいてください。取引先には担当者交代をお知らせし、先方に挨拶のアポイントメントを取って、私に連絡をください。日程を合わせます」

「え、私がするの。ていうか、私も挨拶に行くんですか」

萌咲の素《す》っ頓狂《とんきょう》な発言に、周りの方が息を呑んだのがわかった。

「引継ぎってそういうことですよ」

怒りを通り越したなんの感情も宿らない表情は、萌咲の何か痛いところを突いたのだろう。彼女がみるみるうちに不機嫌になる。

それでも萌咲の機嫌を取ろうとは思わなかった。甘やかされた末路がこれなら、あまりにもみじめだと彼女を見つめ続ける。

「わかりましたっ」

緊張感に耐え切れず、先にそっぽを向いたのは、萌咲だった。

「よろしくお願いします」

菜々美は頭を下げて、マウスを動かす。

「異動を妬《ねた》んでるにしても、もう少し態度がありますよねっ」

聞こえよがしの萌咲の声が聞こえてきた。菜々美は小さく溜息を吐いて、感情を押し殺した。

自分には褒め褒めアプリがある。帰ったらまた課金をして、新しいイケボイスを追加するだけだ。

『仕事が終わったら連絡をくれ。一緒に、うまい日本酒を出す店に行こう』

隆康の秘密を共有するような低くて耳に心地よい声と、約束が蘇《よみがえ》る。

隆康の息が掛かった課への、萌咲の季節外れの異動。萌咲が上司と寝たと自ら言っていること。

それが、隆康らしいこと。その中で確認できる事実はひとつだけ、萌咲が異動することだ。

噂を信じて勝手に隆康を黒だと決めるのは愚かだと思うのに、気持ちはネガティブな方にと傾《かたむ》く。

「ああ、もう」

もっと気楽に考えられればいいのに。

仕事で身に付けた論理的思考を恨んで、菜々美はこめかみを中指でぐっと押さえつけた。

隆康から指定された待ち合わせ場所は地下鉄の駅前だった。重い気持ちで時間に間に合うように地下を歩いていると、声を掛けられる。

「菜々美」

名前を呼ばれて振り返って隆康の顔を見た途端、菜々美の心の中に幸福感が広がった。

やっぱり、すごく好きだ。好きだから、信じたくても信じられない。

目の奥に込み上がってきた熱いものをなんとか堪《こら》えて、じっと、隆康の端整な顔を見つめてしまった。

「お疲れ。……何か付いているか」

顔に触れ始めた隆康に、慌てて首を横に振る。

「何も。お疲れ様です」

「そうか。菜々美は疲れているな」

顔を心配そうに覗き込まれて頬が火照《ほて》った。労《いたわ》るような低くて優しい声に胸が千切《ちぎ》れそうに痛くなる。

隆康は親切にしてくれているだけと言い聞かせても、抑えられない喜びが身体中を巡った。

「疲れてるかも……です」

隆康は菜々美の腰に手を置いて、歩くように促《うなが》した。あまりに自然なエスコートだ。

並んで歩いているとウィンドウのガラスに二人の姿が映った。

隆康の幅の広い肩と胸の厚さが、スーツを完璧に見せている。股下の長い足にぴったり合ったスラックス。光る黒の革靴までがひとつの作品のようで、恐ろしいほどにかっこいい。

隆康が寛《くつろ》いでいるせいか、ガラス越しには二人は付き合っているように見える。勝手な想像をして、菜々美は急に恥ずかしくなった。

「……で、聞いてなかっただろう」

ぽん、と背中を叩かれて菜々美は我に返る。どうやら話しかけられていたらしい。

「あ、ごめんなさい。聞いていませんでした」

慌てて認めた菜々美の手を隆康は握り、ゆっくりとその甲を親指で撫でてきた。その甘い愛撫に身体が熱くなり、昼間の疑いが頭の片隅に追いやられていく。

「疲れているのなら家まで送る。まだ、月曜日だから、無理をするのは良くない」

隆康は残念そうにしながらも、気遣ってこの時間を切り上げようとしてくれている。菜々美はぎゅっと手を握り返した。

「……」

「あ、ごめんなさい」

驚いた隆康の表情に手を引き抜こうとすると、痛いくらいに握られる。

「離す必要はないだろう。見られたくない相手でもいるのなら別だが」

どこか棘《とげ》のある言い方に疑問に持った。

だが、断固として手を放さない隆康に、そんな思いを抱く自分の方がおかしく思えてくる。

「俺の家まで行って車で送ることもできるが、ここからなら電車で帰る方が早いな」

「でも、お店の予約をしていますよね」

改札口にある電光掲示板を見上げている隆康の手を引いた。帰りたいわけではなくて、気になることがあるのだ。でもそれを相談する勇気はない。

「予約はしてないから心配しなくていい」

「……他の誰かと、約束ですか」

ひどくざらついた低い声になった。

このまま自分を帰らせて、あわよくば萌咲と会おうとしているのかもしれない。

隆康は目を細めて、菜々美の手を優しく握り直した。

「嫉妬に聞こえるが、俺の耳がおかしいのかな」

「嫉妬……」

指摘されて、この心を蝕《むしば》んでいるものの正体は嫉妬だと気づく。それと、猜疑《さいぎ》。

隆康が自分以外にも誰かを優しさと強引さで誘惑しているとしたら、耐えられないのだ。

菜々美は目を伏《ふ》せた。

「ただ、次の約束があるかを聞いただけで……」

「やっぱり、話をする時間がいるな。少しだけでもいい。付き合ってくれ」

隆康の焦燥が伝わってきたが、その理由がわからない。

「……部長の、気分を害してしまいましたか？」

亜子から噂話を聞いてからというもの、心がささくれ立っている。

昼間の萌咲への態度も、もっと冷静であるべきだったと少し経って反省した。

心を仕事という割り切りで固めることができなければ、簡単に感情に振り回されてしまう。ちゃんとそれを身に付けてきたはずなのに、どうもうまくいかない。

隆康は自嘲的な笑みを浮かべる。

「距離だ」

「距離？」

「週末に崩したと思った壁が、またここに」

繋いでいた手を離して、二人の間に線を引くようにその手を下ろした。そこに見えたのは、菜々美の疑いが作った透明な壁。それを、隆康はちゃんと感じている。

彼には観察力からくる気遣いと優しさがあるから、菜々美が自分自身を守るその壁に気づく。

自分を守れても他人を傷つけるのなら、その壁には意味があるのだろうか。

「あと、二人のときは隆康と呼んでくれないか。俺は二十四時間三百六十五日、『部長』をやってはいないから」

隆康らしい言葉にはなんの嫌味もなくて、噂のことを直接聞いてみたくなる。

彼が返答に詰《つ》まったら、自分は粉々に砕け散ってしまうはずだ。それなのに甘えたい。

複雑な心を持て余しながら、菜々美は小さく震える息で呼吸を整えた。

「隆康」

名を呼ぶと、隆康の緊張が少し和《やわ》らいだ。彼のことをもっと知りたい。

菜々美は危険だと思いつつ、透明な壁を崩すために口を開いた。

「家に、お邪魔してもいいですか」

隆康は少し驚いた顔をした後、すぐに頷いてくれた。


電車で帰るかと思いきや、隆康はタクシーをつかまえて家まで走らせてくれる。つい昨日にもお邪魔していた家に上がるのは、不思議な気がした。

突然の来客にも動揺しないほど、整理整頓された部屋は隆康の性格そのものだろう。

隆康はシャワーを軽く浴びに行き、シャツに短パンという格好で現れた。

くつろいだ格好の彼が仕事のときよりも若く見えることは、週末に知ったばかりだ。

「何か、興味があるものでもあった？」

リビングにある腰の高さの本棚の前に座って、その背表紙を眺めていた菜々美は隆康の声に振り返った。

本棚を見ればその人がわかるような気がして、待っている間に眺めていたのだ。

英語と日本語の本が半々ぐらいの割合で本棚をぎっしりと埋めていた。ビジネス系の本が多い中、難しそうな小説もある。

「真面目だなと思って」

「不真面目だと思われていたのなら心外だな」

彼らしい皮肉を効かせた冗談に、菜々美は笑んだ。

「立派な人だとは思っていましたよ。意地悪な人だとは、知りませんでしたけど」

「男は好きな子に意地悪をするって、学んだ方がいい。──姫」

耳元でやり返されて、その声の温度に身体中に震えが走った。どんなイケボイスよりも、隆康の声は心に入り込む。

好きだ、と遠回しに言われた気がしたが、自意識過剰だろうか。

「姫と呼ぶのをやめてくれないと、子犬を連れて来ますよ」

「それは怖いな」

甘い言葉は囁《ささや》いてくれるが、付き合う話は出てこない。菜々美は視線を本棚に戻して、その部分は聞こえないふりをする。

隆康は肩を竦《すく》めた後、菜々美をいきなり抱き上げた。

「隆康！」

驚いたが落ちないように隆康の両首に腕を回した後に、抗議の声を上げる。

「姫は姫らしく扱った方がいいだろう」

「だから、姫じゃないって、あれほど」

隆康は寝室のドアへと向かい、僅かに開いていたドアを肘で開けた。

彼の筋肉は見せかけではなかったのだと、軽々と運ばれて実感する。

暗い部屋で迷うことなくベッドのそばまで来ると、肌触りのいい薄い青のシーツの上に寝かせられた。

洗濯したばかりの清潔な香りがする。菜々美が帰った後にシーツを変えたのだと思うと、妙に恥ずかしい気持ちになった。

隆康もベッドに上がると、菜々美に向かって肘を枕にして横たわる。じっと見つめられて、菜々美は息を呑んだ。

「俺は、何か見逃しているか」

唐突に聞かれて、菜々美は瞬《まばた》きをする。

「昼間、態度が変だったように感じた。週末に傷つけるようなことがあったなら言って欲しい。話してもらえないと、わからないんだ。情けないことに」

静かで実直な言葉に菜々美は固まった。

「あの」

喉がカラカラだった。それに気づいた隆康は水を持ってくると言って部屋を出ていく。

心臓がとんでもなく早鐘を打っていて、菜々美は身体を起こして自分を落ち着かせるために指で唇に触れた。

すぐに戻ってきた隆康からペットボトルの水を受け取る。

「水」

「ありがとうございます。……あの」

隆康はまた自分の横に滑り込んできた。菜々美は身体の奥から湧き上がってくる緊張に、喉を詰《つ》まらせる。

「今日は、異動の話で、仕事が増えて」

「——ああ、あれか」

片膝を立て座った隆康の、皮肉げに歪んだ横顔が印象的だった。萌咲のことだとすぐに気づいたのだろう。

「仕事が増えて、上司である俺にイラついた、と」

少し違う。ペースを掴むまでは確かに忙しくなるはずだ。だが、仕事が増えたといっても、一人で進めることができるものだから、正直そこまで問題に感じてはいない。

「部長に対しては、何も。でも、どうして、この時期なのかとか。我儘って許されるのかとか」

隆康は眉を上げた。

「……我儘の通し方を知っている奴がいるだけだ。そういう方法を取れるのは俺はいいと思う。ちゃんとした使い方ができればの話だが」

萌咲はどんな我儘の通し方をしたのか。やはり、——上司と寝たのだろうか。

菜々美は唇を噛んだ。

「私だって我儘を言いたい」

本音を漏らしてしまったが、もう時間は戻せない。心の中で自分でもよくわからない苛立ちが燻《くすぶ》っている。菜々美は自分の両膝を抱いて引き寄せた。

「言えばいいじゃないか」

隆康が簡単に言うことに、菜々美は唇を引き結ぶ。

簡単に口にできない人間だっているのだ。それで人に迷惑をかけてしまうのではないかと、一番に考えてしまって、身動きがとれなくなる。

「……なら、私が異動したいって言ったら、部長にできますか」

「ベッドの上で部長と呼ばれたくもなければ、仕事の話もしたくないんだが……」

隆康は自分の髪に指を差し入れて、何度かかき上げる仕草をした。それを繰り返すうちに少しずつ、会社の彼の顔になっていく。

「まず、言っておく。俺は人事に直接口を出す権限はあるが、使わない。なぜなら、課長がいるからだ。その上で言うぞ。四半期に一度、直属の上司とのヒアリングがあるだろう。そのときに希望として出せばいい」

「わかっています」

隆康は自分は異動させることができるなどと匂わせない。プライベートと仕事を明確に区切っている。

彼の厳しい目を見据えたまま、菜々美は勇気を振り絞った。

「異動させてくれないと、子犬が苦手だと言い触らすって言ったら、どうしますか」

「そうきたか」

苦笑して彼は顔を伏《ふ》せる。ややあって、多少和《やわ》らいだ視線で菜々美を見た。

「そんなことで人を動かさないが。……どこに異動したいのかだけは、聞いておこう」

「どこって……」

そういう話になるとは思わなかった。

今の仕事を覚えるのに精一杯で、違う仕事がしたいなどと考えたこともなかったので返答に困る。

萌咲のことを話していて、そういう流れにしてしまっただけだ。

だが、隆康は興味ありげにこちらの返事を待っていて、菜々美は焦った。

遠くて絶対に異動できるとも思えない場所。

仕事ができて、容姿もある程度は整っていないと続かないと言われているところ。

「……秘書課」

菜々美が口にした途端、隆康は声を押し殺して笑い出した。似合わないということだろうか。

確かに秘書課はきれいで性格のいい人ばかりが集まっているというが、笑うのはひどすぎる。

「確かに私は落ち着いた大人の女性ではないですけれど、笑うことはないでしょう」

「悪い。ただ、秘書課を希望してるのなら、部長としてではなくて、力にはなれると思う。本当に望んでいるのなら、異動願を出しておいてくれ」

「……」

力になれる部署と、なれない部署があるということだろうか。

萌咲の異動は力になれることだったのか。菜々美の鼓動が速くなる。

「職権乱用になりませんか」

隆康は飽き飽きした表情でベッドに横たわった。菜々美を物憂《ものう》げに見上げて、口を開く。

「秘書課に友人がいるだけだよ。人事は私用で動かすものじゃない。課や部、引いては社に利益になるかどうかで決めると俺は思っている。もし、あの異動に伴うことでなんらかの噂が広まっているのなら、無視を決め込むのをお勧《すす》めする。自分に関係のないことに首を突っ込む必要はないだろう」

どういう意味かと聞こうとした菜々美の腕を、隆康は引っ張った。彼の胸の上に倒れ込んで、慌てて起こそうとした身は、背に回ってきた屈強な腕に阻《はば》まれる。

「私、重いから」

「むしろ痩せている方じゃないか。もうちょっと食べた方がいい」

服越しの背に感じる彼の手は、びっくりするほど温かい。その手で後頭部を撫でられ始めると、起き上がろうとする気はまったくなくなった。

「菜々美はよくやってるよ」

頭の上から聞こえる褒め言葉に、身体がぴくりと動く。

「荷が重い仕事からも逃げないし、わからないことは学ぼうとする。その価値の高さを自分で認めた方がいい。そういう人間の希望なら、どうにかして聞こうと思うのが同じ人間だろう」

信じられないような気持ちで菜々美は頭を上げる。

間近に隆康の顔があった。そこには、からかうような色はまったく浮かんでいない。

「部長」

「隆康だ」

唇を親指で辿《たど》られて、甘い刺激がさざなみのように身体に広がっていく。

「菜々美の今やっている仕事はコミュニケーションと調整力が必要になる。勢いが必要な営業は別部門だ。臨機応変な調整力がある冷静な人間は、秘書課が最も必要とする人物像だ。そして、評判というのは自分の知らないところで、意外に遠くまで広まっている。だから、異動願を出してみればいい」

隆康の言葉や態度にあるのは、菜々美が怯《ひる》んでしまうほどの誠実さだった。

今なら、直接聞けそうだ、という気持ちが高まった。

不安げに目を少し逸《そ》らし逸《はや》る鼓動を抑え込んで、声を押し殺すように尋ねる。

「……舛井さんが、上司と関係を持ったから、異動が可能になったという噂を聞きました。その相手が……その」

隆康は眉間に皺を寄せた。そして、すぐに、その皺を深くする。

「まさか、俺なのか」

「そういう、噂です」

菜々美が気まずそうに頷くと、隆康は唸《うな》るような溜息を吐いた。

「そんなことを聞けば、態度もおかしくなるか」

しかめ面をしながらも、どこか安堵した様子で、隆康は菜々美の頬を撫でる。

「話してくれて助かった。それは事実じゃない。俺はそういう人間を相手にするほど暇じゃないし、仕事以外で子守はごめんだ」

「なら、私は」

「好きだと言っているだろう」

隆康が菜々美の頬を軽く抓《つね》る。彼の真摯な目に、心が吸い込まれていくのがわかった。

身体中の力が抜けて、そのまま彼にしなだれかかりそうになるのをかろうじて止める。

「これでも、あの褒めてもらえるアプリの方がいいか」

「アプリには、アプリの良さがあるんです」

反応に困りながら呟くと、隆康はおかしそうに笑った。

「俺のライバルは、プログラムってわけだ」

急に緊張が解《ほど》けて隆康の胸の上に顔をゆっくりと乗せる。少し速い鼓動が聞こえてきた。

この人の前では、強がったりしなくてもいいのだ。

「かなり、強力なライバルですよ」

「どう出し抜こうかと考えないといけないな」

誤解だとわかった途端に力が抜けて、目を閉じた。週末に隆康に抱き潰された身体が、彼の体温にうずうずとし始めている。

隆康の指が耳を愛撫してきて、こそばゆさに瞼を開けると、抱き寄せられた。

羽のように軽いキスを唇にされて、身体の中で揺らいでいた疼《うず》きが膨らむ。快楽の記憶が蘇《よみがえ》り始めると、湧き上がる高まりが、菜々美の目を潤ませた。

「どう出し抜こうか、考えていたんじゃないんですか」

唇が唇を撫でるようなキスで塞がれる。

「考えて、アプリには決してできないことをしようと思った」

顎《あご》を掴まれて、あっという間に身体を隆康の方へ向かされた。

「俺に、他に話しておくことは？」

「特には、ありません」

心にしこりのようにあった疑いはなくなっている。鼻先が付くほど近くに端整な隆康の顔があって、頬が赤く染まった。

押し付けられた唇に理性が四散しそうになったが、終電の時間が自分を現実に引き止める。

「私、帰らないと。電車が」

「俺の車と、始発。二者択一だが、どうする」

魅惑的な選択にこれから起こることを考え、高まる期待が正常な判断を鈍らせた。

大きく息を吸うと、彼の胸に自分の頂が擦《こす》れる。

「二つしかないんですか」

菜々美の質問に隆康は笑むと、手をニットの裾から入れ、ブラジャーのホックを器用に外した。

「実は帰らない、という選択肢もある」

艶《つや》っぽく笑った隆康に見惚《みと》れている間に、素早くニットを頭から抜かれた。僅かな抵抗は彼との体格の差を考えて無駄だと思いやめる。

隆康の顔が胸に近づいて、シーツを握りしめた指先が震えた。

「あっ……」

ふっくらと形のいい乳房の尖端を、おいしい飴を舐めるように転がされて、すすり泣くような喘《あえ》ぎ声が出た。

乳房を唇で包み、尖端を舐め扱《しご》き吸い上げられると、甘美に意識は溶けていく。恥ずかしがることはないと彼に教えられた二日間で、歓《よろこ》びに疎《うと》かった身体は目覚めていた。

両脚は自然と開き、押し付けられる昂《たかぶ》りに恍惚の息を吐《は》く。

隆康の指が下着をかいくぐり、媚肉の蜜を確かめるようにするりと動いた。

「んっ……」

「身体は帰りたくないと言っているみたいだが」

耳朶を唇で咥《くわ》えながら囁《ささや》かれたと思えば、再び唇を塞がれて舌で口腔《こうこう》を舐められた。前歯も頬の裏も上顎《うわあご》も、全てに触れたいとばかりに動いて、最後に舌を吸われる。

「ふ……んんッ」

指が秘裂を辿《たど》り花芯を刺激し、腰はひとりでにびくびくと跳ねた。だが、直接触れて欲しい蜜壺には侵入してこない。

蜜唇をゆるゆると撫でる指先が、菜々美の触って欲しい場所を避けている。

「た、隆康……」

焦《じ》れた目で隆康を見つめると、彼は凄みのある笑みを浮かべた。

「昼間、コンパの話をしていなかったか」

「コンパ……」

行き場を求めて身体を彷徨《さまよ》う快楽のせいで、言われたことが理解できたのは数秒後。

亜子に誘われているコンパのことだとわかり身体が硬直する。昼間エレベーターの前で話していたのを聞かれていた。すっかり忘れていた菜々美は真っ青になる。

「コンパ」

「そう、コンパ」

やや険のある、隆康の顔に浮かんでいる感情は何だろう。答えるまで触れないと言われているような気がする。

「今週の金曜日になったと聞きました。でも、それは前から頼まれていたことで……」

亜子から噂話を聞いて動揺していたのと異動の話で、記憶からすっぽりと抜けていた。

付き合ってもいない関係で、隆康にそれを知らせることが正しいことかわからなかったのもある。

好きだと言ってもらっているし、彼を好きだと自覚はしているが、自分たちの関係はとても曖昧なものだという認識だった。

それでも、彼の側にいたいという気持ちを偽ることはできない。

「実は、逃げられそうで怖かった」

隆康が蜜口の入り口を撫で、ぞっとするような快感に引っ張られて、菜々美は喘《あえ》ぐ。

「付き合ってほしい」

これまで聞いたことのない隆康の追い詰《つ》められた甘い声色。その毒に脳が侵されていきそうだ。

「私……」

隆康は大仰に溜息を吐いて、菜々美の顔の横のシーツに額を押し付けた。

「俺よりも、噂を信じるのか」

「そういうことじゃないです。私も好きですけど」

隆康はもっといろんな人を選べるはずだ。堂々巡りだと思いつつも、こう答えるのが精一杯だった。こんなに真摯に向き合ってもらって、嬉しいのに少し怖い。

「今、俺を好きだと言ったよな」

「……言いました、けど」

改めて聞かれると顔から火を噴《ふ》きそうなくらいに恥ずかしい。瞬《まばた》きもできないまま、みるみるうちに顔が赤くなっていくのがわかった。口が小さく開いたり閉じたりする。

「それだけで、十分じゃないか」

隆康はそう言って、身体を起こすと雄々しい猛《たけ》りに避妊具を被せる。

その動作を見ていられなくて、顔を逸《そ》らした。

「菜々美が欲しい」

隆康は菜々美の下着を脱がせ両脚を大きく広げると、性急に自身を蜜壷に埋没させる。

蜜襞に埋まった猛《たけ》りの微かな脈動を感じて、身体に凝縮していた快楽が血に乗って巡り出した。

隆康は腰を揺さぶることなく、左右に広がった菜々美の胸を掬い両手で揉《も》みほぐし始める。

「ふっ……あ……」

身体が快楽を求めて動くと、隆康は愉《たの》しげに笑んだ。

つんと尖った尖端を、軽く親指で押し潰しながら胸を捏《こ》ねる。

菜々美はしなやかに身体を反らし、喉の奥から声を漏らした。

「明日の仕事には支障がないようにする」

「仕事……」

理性は情熱的な愛撫の前には無力で、すぐに菜々美は考えることを放棄した。

火照《ほて》った肌を、さらに熱い隆康の手が隅々まで撫で上げる。その艶めかしい動きに、蜜筒は猛《たけ》りをもっと奥まで誘おうと締め付けた。

甘い痺《しび》れは全身に広がり、息も絶え絶えになるほどに深いキスをされて、菜々美は隆康の肩を掴んだ。

「はっ……んっ……ふぅ」

なんとか息を吸おうとすると、怒張した猛《たけ》りが引き抜かれて、一気に突き上げられた。

「ああっ」

腰を抱えられて、激しい抽送が繰り返される。結合した部分から滴る蜜が、卑猥な水音を立てる。

ぐちゅり、ぬちり、といった音に耐えられなくなって、どうにか身体を捩《よじ》った。

「そうか、後ろからがいいのか」

「やだっ、あっ」

繋がったまま反転させられると、そのまま隘路《あいろ》の最奥まで猛《たけ》りを押し込まれた。後ろ側を擦《こす》られる快感に、菜々美はひっ、と喉を鳴らした。

「あ、動かない、で……っ」

激しすぎる律動に菜々美はシーツをぐっと掴んだ。奥に亀頭を擦《こす》り付けられる度《たび》に、頭にまで痺《しび》れが走って真っ白になる。

背中側の隘路《あいろ》を漲《みなぎ》った尖端で刺激されると、鮮烈な快感が背中を駆け上り、柔襞はきつく猛《たけ》りを締め付け、奥へと誘い込んだ。

「はぁっ……あっ、ああっ」

「俺の執拗さを、覚えておいた方がいい」

凄みのある声に肌がぞわり、とした。菜々美のあらゆる躊躇《ちゅうちょ》を溶かす手間を厭《いと》わない隆康に、いつから搦《から》め捕《と》られていたのか、もうわからない。

「姫」

「違っ……ああっ」

蜜で濡れたシーツが肌に冷たい。甘く痺《しび》れる快感の波が引いたと思うとまた押し寄せる。隆康の激しさに引っ張られて何度も高みに連れて行かれた。

4

「コンシーラーって使ったこと、あります？」

萌咲の上からの発言に、菜々美は素直に首を横に振る。

目の下のクマのことを言われているのはすぐにわかった。

「コスパのいい、おススメがあるんですよぉ。帰りにドラッグストアに寄りましょうよ」

菜々美は苦笑する。

今から取引先へ担当者変更の挨拶に行くというのに、すでに終わった後のことを考えている萌咲には見習うべきところがあるかもしれない。

昨日は昨日で、今日の訪問先との契約内容を確認したり、前任者であった篠田に担当者の人となりを聞いたりとなかなかに忙しかった。

人員が一人減ることでの混乱はまだ続くだろうと、腹は括《くく》っている。淡々とこなしていくだけだ。

萌咲はたった数ヶ月の担当であったのだが、そういった緊張がないのだろうか。

ちらりと横目で彼女を窺うと、歩きながらスマホを触っていた。

「帰りに寄れる大きなドラッグストアは……どこらへんかなぁ」

すでに気持ちがここにはない。人に薦めるコスメのことなのに、一生懸命になっている。

美容系の会社に就職すれば、彼女の才能は花開いたのかもしれない。

一緒に会社を出てからというもの、今から訪問する取引先の話は一切出ない。

社内で花形の課に異動する高揚感でいっぱいなようだった。

その話をされるくらいなら、化粧品の話の方が楽で、菜々美は努《つと》めて軽い口調で話を合わす。

「帰りに教えて欲しいです」

「任せてください～。センパイ、素材はいいんですし、もっと男ウケを狙わないと、あっという間にオバサンですよ」

オバサン、と苦笑したが、満面の笑みを浮かべた萌咲は、化粧品についての持論を展開し始めた。こんなに上手にプレゼンができるのなら、仕事でもやって欲しいと思うほどに饒舌《じょうぜつ》だ。

菜々美だって外見に気を使っていないわけではない。生活の中心が仕事であるという自覚はあるし、取引先に訪問をするのだから人並みの清潔感は心掛けているつもりだ。

「スーツも、すっごい年寄り臭い。もっと明るい色はないんですかぁ」

呆れたように、着ている紺のピンストライプのセットアップのスーツを上から下まで見られて、心の中で溜息を吐く。

初めて行く取引先に、萌咲のようにふわりとしたフェミニンなスカートにジャケットという格好で行くほどの勇気は持ち合わせていない。相手は年嵩《としかさ》の男性がほとんどなのだから。

「目指せ、寿退社です。センパイ、そのままだと嫁《い》き遅れますよ」

萌咲のセリフに心臓がぎゅっと掴まれた。結婚なんて考えていなかったが、隆康と付き合った今は反応してしまう。

先日は、月曜日だというのに隆康の家から朝帰りをしてしまった。

興味津々の博子の目を避け会社には行ったが、疲れをずっと引きずっている。視界の隅に映る隆康は疲れなど微塵《みじん》も感じさせないあたり、社会人のプロだ。

朝帰りの日からお互い忙しくて、メッセージの交換しかしていない。

隆康と会社で話す必要はないし、そもそも彼はプライベートを仕事に持ち込まないのだ。

とりとめもないことをメッセージしようと頑張って打ちこんでは、文面から無理しているのがわかり恥ずかしくて消すを繰り返している。

「へぇ、近内さんも結婚に興味があるんですね。仕事だけって感じだから、意外」

萌咲は軽く目を瞠《みは》って、それから矢継ぎ早に質問をしてきた。

「どういう男の人がタイプなんですか。顔とか、身長とか、年収とか。近内さん、それなりにまだイケると思うんですよね～。誰か紹介しましょうか。近内さんくらいのスペックなら、ギリギリ男友達にも紹介しやすいですし」

浮かれているのかさっきから失言が多い。取引先とこんな感じで喋っていないことを願うばかりだ。

「舛井さんこそ、彼氏はいるんですか」

「いますよぉ」

質問を返されて、嬉しそうに萌咲はうふふと笑った。菜々美の胸の奥に小石のようなものがころりと転がる。

「近内さんも知っている人です」

「へぇ、そうなんだ」

萌咲は勝手に喋ってくれるが、菜々美の心は聞きたくないと叫んでいた。

隆康のことではないとわかっているけれど、何も知りたくない。

角を曲がるとちょうど目の前に、取引先の会社が入っているビルが見えた。ホッとして菜々美は真面目な顔を作る。

「着いたから、気持ちを切り替え……」

「上司なんです」

菜々美の言葉を遮ってまで萌咲が言った。秘密を打ち明ける、というよりは、誰かに聞いて欲しくてたまらない、浮ついた感じだ。

動揺を、無関心を装って必死に隠した。

「……会社は社内恋愛を禁止してはいないのだから、問題はないと思います」

「わぁ、すごい。応援してくれるんですね」

一般論を述べただけなのに萌咲は顔の前で手を叩いて喜び、その様子に面食《めんく》らう。彼女の笑顔の無邪気さが、とても不自然に思えた。

歩みを進めながらも、萌咲は話すのをやめない。

「誰だと思いますか」

「上司なら、うーん、社長かな。着いたので、この話は終わりにしませんか」

気のいいご夫婦に申し訳ないと思いつつ、代表取締役社長の名を使わせてもらう。

会社のトップである人を使えば、きっとこの話は終わる。だが、その考えは甘かった。

「近いかも～」

菜々美の胸にツキンと痛みが走った。

萌咲は隆康を連想させるような言い方をしている、気がする。彼女は弄《いじ》っていたスマホをバッグに滑り込ませながら、にこにこと笑みを浮かべた。

「あとはご想像にお任せしまーす」

胸の中の小石が大きな重石《おもし》となって胃まで侵食する。訪問前だというのにずんと重くて暗い気持ちになった。

『好きだ』

ふいに、隆康の温かく低い囁《ささや》きが蘇《よみがえ》った。

贅肉の見当たらない熱い肌の感触が掌《てのひら》に蘇《よみがえ》る。大きく息を吸うと、その幻に触れるように指が微かに動いた。

結婚など考えずに無機質な褒めイケボイスとおいしいお酒を支えにする生活が、これからもずっと続くはずだった。

彼が、心に入り込んでくるまでは。

期待が胸の奥で疼《うず》いて、自分を見失わないようにしなければいけないと自分に活《かつ》を入れる。

「仕事しましょうか」

菜々美は口元だけで、萌咲に微笑んだ。

嫌味を言われるのも仕事の内と言えど限度がある。

『また、女の子なの』

取引先に引継ぎの挨拶に行くと、中年の男性に挨拶もそこそこにそう言われた。

萌咲はやはり何も響かなかったようで、帰りにドラッグストアでコンシーラを薦《すす》めてくれた。

菜々美は帰社して必要な仕事を二、三片付けてから、廊下の隅にある休憩コーナーのソファに座り込んでいた。

コーヒーを買おうとしていたのだけれど、腰掛けたが最後、身体に根が生えたように動かない。

誰かが休憩スペースに来たのが視界の隅に入ったが、そのままぼうっと窓から見える空を眺めていた。

『まぁ、ちゃんと仕事をしてくれればいいけどさ、結婚妊娠してまた交代とかでしょう。正直、女の子の扱いって難しいよ。昔は結婚したら退職だったんだけどね』

自社では言えないハラスメントを、他者の女性社員にぶつける、なんていうのはよくあることだ。

いちいち反応をすれば、心が擦《す》り切れる。

『そんな予定はありませんので、末永くお願いします』

今までなら笑顔を崩さずなんの痛みもなく言えたのに、今日は胃も心も痛かった。

隆康と関わることで、自分を守るための壁を保持するのが難しくなっている。

そばに人の気配を感じると、目の前にペットボトルの水が差し出されていた。

考えに没頭していたようで、びっくりして軽くソファの背もたれに身を仰《の》け反《ぞ》らせる。

「コーヒーより、こっちのほうが良さそうだ」

苦笑気味の声に顔を上げると、そこには隆康が立っていた。

「隆康」

懸命に硬く強張《こわば》らせていた心が緩み、表情が嬉しさに輝いたのがわかる。

おまけに彼を名前で呼んでしまい菜々美は顔を真っ赤にしたが、すぐに真っ青になって辺りを見渡す。人に聞かれては、非常にまずい。

「誰もいない」

隆康は菜々美にペットボトルの水を握らせると、二人分くらい空けて横に座った。彼の顔は仕事のそれで、菜々美は気を引き締めて肩に力を入れる。

「ベッドの上では部長と、会社では隆康と呼ぶ」

からかいの笑みを浮かべた隆康から、人間らしい温もりが心に流れ込んでくる。せっかく気を張ったのに、目の奥がじわりと熱くなった。

慌てて瞬《まばた》きを繰り返したが、堪《こら》えきれなかった一粒が零れる。

「……会社だぞ」

窘《たしな》めるような口調とは裏腹に、隆康はハンカチを差し出してくれた。

ブランドの刺繍がされた茶色のハンカチは、綺麗にアイロンが掛けられている。

「すみません」

素直に受け取ったが、横から小さな溜息が聞こえて菜々美は唇を噛む。

公私混同をしてしまった自分を責めてから、生真面目な表情で口角をできるだけ上げた。

「気を付けます。……オフィスに戻りますね」

顎《あご》にまで流れた涙を手の甲で拭《ぬぐ》い、腰を上げようとしたところで、隆康に止められる。

「仕事で何かあったのなら、聞かせてくれるか」

菜々美は黙ったまま隆康を見つめてしまった。

非の打ち所のないダークブルーのスーツは、彼のために誂《あつら》えたようで眩《まぶ》しい。

大好きな彼氏かもしれないが、今は非の打ち所のない上司だ。

「大丈夫です。取り乱して、ご迷惑をお掛けしました」

言ってから、胸の奥が掴まれた上に捩《ねじ》られたように痛んだ。

職場恋愛の仕事への支障は、他人の目だけではないのだとわかる。何よりも、自分の気持ちの切り替えが難しい。

「俺には話せないのなら、砂野さんにでもいい」

思わず苦笑してしまいそうになったが、なんとか堪《こら》えた。もう砂野にはなんの期待もしていないのだが、隆康にとっては話せる部下なのかもしれない。

見る角度が違えば、人の印象なんて変わってくる。それをわかってもらおうとは思わない。

「そうします」

心にもないことを言うと、隆康が手からペットボトルを取り上げた。呆気《あっけ》に取られていると、キャップを外して渡してくる。

「まずは飲め。自分の殻に引きこもるな。話してみれば、解決の糸口が見つかるかもしれないだろう」

菜々美が頑固に唇を引き結んだからか、隆康は不機嫌そうに目を細めた。

取引先で嫌味な態度を取られたとか、萌咲の仕事は仕事として成り立っていないなど、そんなことを言ったところで何か変わるわけじゃない。

菜々美はペットボトルの水を一口だけ飲んで、キャップを閉める。

しばらく黙って座っていた隆康が、自嘲気味に口元を歪ませた。

「……まぁ、それが菜々美か。だから、俺も近づくのに時間が掛かった」

「え……」

じっと見つめられて、落ち着かない気持ちになる。どういう意味だろう。随分と前から上司と部下だったが、隆康はどこまでも遠い人だった。

「あの」

「今日はコンパなんだろう。そんな疲れた顔にスーツでいいのか」

皮肉と、心配が入り交じった声に、菜々美は「あ」と声を上げる。

「本当に、アフターファイブを忘れるんだな」

今夜は亜子が主宰するコンパがある。

隆康は約束なら仕方ないと前置きをしながらも、場所や時間を教えることは要求してきた。

「覚えていましたよ」

亜子からコンパの日をカジュアルデーに合わせたのになぜスーツなの、と微妙な顔をされたのは朝だ。

取引先の訪問があると伝えれば、しょうがないと言ってはいたが、納得はしていない顔だった。

「ジャケットなしの他社訪問なんてありえないじゃないですか」

「セットアップじゃなくてもいいだろう」

「前任者から間をあけずの交代ですし、ちゃんとしていかないと」

「真面目だな」

面白がる隆康の口調に、菜々美は頬を膨らます。

ジャケットを脱げば、それなりになるコーディネイトもあっただろうに。

そんなことを付き合っている隆康から言われては、いたたまれない。

萌咲の評判は控えめに言って良くないのだ。砂野だってそれがわかっていて、知らぬ存ぜぬの顔で、後任に菜々美を指名した。

そんな中、苦肉の策でこのスーツを選んだ。

「ガチガチのスーツでも、頑張りますもん」

自分で自分に何を、と心の中で突っ込んだが、それは隆康の口からも聞けた。

「何を頑張るんだ」

からかわれているだけとは思えない強い眼差しに、菜々美の頬は赤くなった。

そもそも、亜子から誘われたコンパの趣旨は話したはずだ。恨みがましく、彼を見上げる。

「亜子の引き立て役ですよ。ちょうどいいと思います」

自分のスーツの袖を掴んで引っ張ると、隆康は楽しそうに声を上げて笑い出した。

二人でソファに並んで座って映画を見たときのような、くだけた笑い声だ。肩に回された隆康の手が二の腕や背中を常に撫で、その度《たび》に身体が震えて内容なんて覚えていない。きっと隆康も同じなはずだ。映画のエンドロールが流れる頃には、フローリングの上でひとつになっていた。

「菜々美の魅力に気づかれては困るし、気づかれなくても腹が立つな」

魅力という言葉を使ってもらって喜びに震えたが、ここは会社だと聞こえないフリをする。

「駄々っ子ですね」

「まだ気づいていなかったのか」

軽口を叩き合っていたら、いつの間にか暗い気分は薄れていた。

休憩スペースに誰も来る気配がないせいで、ずいぶんと長く話している気がする。

隆康が腕時計で時間を確認したのを見て、菜々美は気を引き締めた。

「長く引き止めました。時間は大丈夫ですか」

「伯父に呼ばれているだけだから、問題ない」

隆康が伯父と呼ぶのは一人しかいない、社長だ。焦りながら聞く。

「個人的な呼び出しですか」

「なぜ、そう思ったんだ」

膝に肘を置き身を屈《かが》める体勢で聞き返されて、菜々美はおそるおそる答えた。

「伯父、と言ったので。仕事の用件なら社長と言いそうだと」

「頭のいい彼女で嬉しいよ」

そう言いながら隆康はソファから腰を上げ、素敵な時間はもう終わりだと菜々美は寂しくなる。

「あの」

隆康に続いて、菜々美も立ち上がった。ここは会社だと自分に言い聞かせても、自然と顔が綻《ほころ》ぶ。

「声を掛けて頂いて、ありがとうございました。おかげで、楽になりました」

ずっとぎこちないメールだけのやりとりだった。こうやって話せることが嬉しい。

隆康は寂しげに微笑みながら、会社の境界線を越えてきた。

彼の手の甲が頬に触れてくる。磁石でもあるかのように離れなくて、でも振り払おうとも思わなかった。

「一緒に住めれば、いいのにな」

ぼそり、と言ってから、彼はその場を去る。

菜々美の手にはペットボトルの水と、ハンカチが残っている。品のいいハンカチの感触を手の中で味わいながら、隆康の言葉を反芻した。

「一緒に……」

自分の築いてきた世界が壊れたようで、不安な気持ちがずっとあった。

そうじゃなくて、新しく築いているのだと思うと、まったく気分が違う。

仕事中に社長である道徳が、『伯父』として呼び出してくるのは、正直言って嫌いだった。

秘書の千夏はアポイントがあれば文句は言わないので、公私混同だと止めてくれる人間もいない。

隆康はもう何度も前に立った、重厚なドアをノックする。

「——おお、来たか」

社長室に入ると、道徳がタブレットから顔を上げ、すぐにまた画面に視線を戻す。

挙げた手だけで、部屋の中央にある応接セットに座れと示された。

すぐに千夏がコーヒーを運んできてくれる。

「どうぞ」

「いつも、ありがとうございます」

礼を口にすると千夏は口元に微笑みを浮かべた。四年前と変わったところは、彼女の薬指に指輪がはまったことくらいだ。

「千夏さん、ちょっと、時間をもらえませんか。世間話程度で聞いてもらえれば助かるんですが」

親指と人差し指の指先で僅かな隙間を作って、出て行こうとする千夏を呼び止めた。

怪訝《けげん》そうに小首を傾《かし》げた彼女に、ストレートに聞く。

「近内菜々美が秘書課に異動を希望した場合、受け入れられる可能性はどれくらいですか」

「近内さん」

千夏が菜々美を秘書課に欲しかったと言ったのは、ずいぶんと前だ。

興味深げな道徳の視線を感じたが、思案するように黙った千夏の返事を待った。

「……私は人事に口を出せる立場ではありませんが」

ちらり、と千夏は道徳を見てから、目に好意的な光を浮かべた。

「いつでも歓迎です」

「確認をしたかったんです。ありがとう」

千夏の意見が変わっていないことにほっと息を吐《は》く。

「社内でも、優秀な人材を自分の課に確保するのは難しいですから。異動の希望があれば、今度こそ社長には首を縦に振って頂きます」

冗談のようだが本気の眼差しでそう言い残して、千夏は社長室から出て行った。

菜々美が希望するのなら異動が可能になる道筋は作ってやりたい。

今の仕事では彼女の責任感の強さが、そのまま負担になっているようにも感じる。

私情で判断を見誤っているのではないかという心配があり、千夏に直接聞いて確かめたかったのだ。

いろいろと考えていると、艶《つや》やかに拭きあげられたテーブルを挟んで向かい側、革張りのソファに道徳が腰掛けた。

仕事の話よりも、プライベートの話の方が緊張する。呼ばれた理由は思い当たる分、隆康は身構えた。

「で、近内さんとはどうなんだ」

やはり菜々美のことらしい。隆康は答えずに、コーヒーを口に運んだ。

道徳は菜々美と接点ができたと知るや否《いな》や、息子が出演する舞台のチケットを渡してきた。自分たちは犬の世話がある、とわかりやすい理由を添えて。

酸味が少なく苦味が強めのコーヒーは、頭を冴えさせてくれる。

じっとこちらを見つめてくる道徳に、ゆっくりとした口調で問い返す。

「どう、とは、どういう意味ですか」

道徳は隆康の動じない反応に、前のめりになった。

「お前、自分が妬《ねた》まれる立場であることを自覚しているか」

隆康は渋面を作る。社長の甥として入社したときから、部長という破格の役職を与えられて仕事をしてきたのだ。わからないはずもない。

今は成果を出せているから表立って誰も文句を言ってこないだけだ。

足を引っ張ろうと、虎視眈々と狙っている輩《やから》がいることもわかっている。

「自覚はしています」

「足りんな」

ばっさり、と切って捨てるように言うと、伯父は難しい顔で背をソファに預け腕を組んだ。

それで、ピンときた。舛井萌咲の異動と、噂のことだ。

「おかしな噂でも耳に届きましたか」

返事の代わりに、道徳はますます顔を険《けわ》しくする。

「……お前はいい。この会社を辞めてもまったく困らない資産があるだろうし、野心もある。違う仕事を選ぶことも、立ち上げることも容易《たやす》いだろう。だが、近内さんはどうだ。あんないい子を巻き込むのか」

巻き込むという表現に目元がきつくなり、道徳を睨《にら》むような視線になった。

もちろん、道徳は臆することはない。人差し指でテーブルを何度か叩きながら言う。

「真剣に考えていないのなら、すぐに関わるのをやめろ」

どれほどに菜々美を強く求めているのか、周りが知るはずがないし、わざわざ口にしたいとも思わない。

伝えるべきは菜々美にであって、周りの人間にではないのだから。

踏み込んで来るなという警告を込め、自然と強めの口調になる。

「……異動に伴う舛井萌咲との噂のことならば、近いうちにどうにかします」

あの不愉快な噂を菜々美の口から聞かされたとき、激昂を抑えつけた。

異動の事情を、上司である自分や社長が把握していないはずがない。

それでもなお、そういう噂が社長の耳にまで届ける者がいるとなれば、何かがある。

「近内さんとのことは、見守ってもらえると助かります」

「何年も無視をされていたくせに」

隆康は道徳の言葉に苦笑を浮かべた。

「そう、何年も俺を無視できる女性なんですよ。わかりますか、俺のバックグラウンドには興味がない。周りのせいで彼女に振られるなんてことになれば、それこそ、俺はこの会社を辞めます」

今度は道徳が苦笑する番だった。

隆康が会社を去れば、いくつか手掛けている仕事の勢いそのものがなくなるのは明白だ。

自分の進退で伯父を脅すようなことをするつもりはないが、菜々美がいるからこの会社にいる。

「で、誰ですか。社長の耳にまであの噂を入れたのは。叩けば埃が出てくる社員なんて、掃《は》いて捨てるほどいるでしょう」

「役員の一人だ」

道徳は名前を伏《ふ》せたが、なんとなく察しがついて口元を歪ませる。

役員の中には、キハラハードが創設した頃から在籍していて、社長の座を狙っている人物もいると噂されている。

中には、圧の強い指導や態度が問題になっている役員もいる。大方、役員体制を変える次年度の、降格対象者の中の一人だろう。

反鬼原派とも呼ばれる一派もいて、次年度の異動や降格を身内である隆康を社長に据えたいがための改革だと叫び、なかなかの泥仕合が起こっていた。

社長のアキレス腱にもなりえる隆康の足を引っ張るために、情報集めに余念がないのだろう。

「なるほど。俺が社長の座を狙っている、と」

「奴らが何を考えているかまでは知らん。——だが、男の妬《ねた》み嫉《そね》み」

社長はよっこいしょ、と膝に手をつきながら立ち上がった。

「あれは、手に負えんもんだよ」

「どうでもいいですが、彼女を巻き込むなら俺も容赦はしません」

菜々美と付き合っていることで、彼女を利用しようとするなら、こっちも掴んでいる情報を使って会社から追い出してやる。

隆康が影を宿した目で空《くう》を睨《にら》んでいると、道徳は社長椅子に移動した。

「喜んで巻き込まれようとする女もいるのを忘れるなよ」

はっとして、隆康は道徳を見やる。たぶん、舛井萌咲は、その類《たぐい》の女だ。

「……忠告、痛み入ります」

この噂に関わっていそうな人間の名前を、心の中で読み上げる。まったく情が湧くような相手ではない。

「ところで、近内さんは犬を飼わないか」

「唐突ですね」

実家で飼えるとはいっても、世話をするのが親になるので、難しいと言っていた気がする。

「二人の新婚生活のために、一匹は預かっておこうと思ってな」

「……」

二人の関係に踏み込むな、と言ったところで、はいそうですかと引き下がるような相手ではなかった。

「放っておいてください」

「彼女が犬を可愛がってたから、あれだけ苦手な子犬を抱いたんだろう」

犬は苦手だ。それは変わりはないが、菜々美のために乗り越えようとしたのは事実だ。

その通りだったが答える代わりに、抗議の視線を向けつつ、コーヒーを口に運んだ。

「自分を変えることができるほどに大事な相手なら、それは運命だ」

老年期に差し掛かろうとしている伯父の感傷的とも言える発言に、飲んでいたコーヒーが気管に入る。

むせて、ごほごほと咳き込んでいると、やんわりと釘を刺された。

「運命の輪が回り出したと思え。だが、女神は気まぐれだぞ」

「占いでも始めたんですか」

眉を仰々しくつり上げながら、道徳がにやりと笑う。

「験《げん》を担《かつ》いでるだけだ。彼女と出会えなければ、お前はこの会社には留まらなかった」

確かに菜々美に惹かれなければ、アメリカに帰っていたし、伯父の会社に就職することもなかった。

道徳が真面目だか不真面目だかわからない話を振ってきたため、緊張が和《やわ》らいで冷静さが戻ってくる。

飲み終わったコーヒーカップをソーサーに置き、息を吸った。

「彼女が、幸運の女神とでも？」

「ああ」

道徳の仕事中は笑っていないと揶揄《やゆ》される目が、緩んでいる。

「お前のな」

負けじと言い返したかったが、できなかった。

あの日、菜々美とやっと話せたのは、伯父に呼び出されてオフィスに戻るのが遅くなったおかげだ。飲み会があったために、オフィスには誰もいなかったことが最も運が良かった。

仕事を手伝って距離を縮めようとしたが、彼女は関わり合いたくないとばかりに、自分をどうにか先に飲み会に行かせようとしていた。

褒め褒めアプリ……の音声が流れてこなかったら、菜々美の心に手が届くことはなかっただろう。

菜々美は自分にとっては、姫というよりは確かに女神だ。それを彼女に伝えたら、とんでもなく嫌がるだろうが。

「……俺のプライベートには、くれぐれも踏み込んでこないでくださいよ」

無駄だと思ったが、念を押す。

ちょっとしたきっかけで、菜々美がこの手からすり抜けていきそうで怖い。彼女は繊細で、人を攻撃しない代わりに自分の在り方を責め、殻に籠《こも》る。

信頼を勝ち取るには、まだ時間が必要だ。

関係をゆっくりと進めたいのに、周りのせいで菜々美が離れることを選択しそうで怖い。

そんなことがあれば自分は周りを決して許さないだろうし、菜々美を手放すつもりはまったくなかった。

誰もいないオフィスの廊下は、薄い絨毯《じゅうたん》が敷いてあるのにもかかわらずヒールの音が響く。静かなせいで音が後ろから追いかけてくるようだ。

落ち着かなさに腕を撫でながら菜々美はエレベーターのボタンを押した。

「よりによって……」

逸《はや》る気持ちそのままに、エレベーターのボタンをもう一度押す。

コンパが終わったら連絡をする。それが隆康との約束だった。

解散後に彼にメッセージを送ろうとして、スマートフォンがバッグに入っていないことに気づいたのだ。

どこかに落としたのかと真っ青になりながら記憶を辿《たど》れば、化粧ポーチをバッグに片付けるのに気を取られて、スマートフォンを机の上に置きっぱなしにしていたことを思い出した。

「ほんと、私のバカ」

ロックをかけているとはいえ、個人だけではなく他人の情報も詰《つ》まっている。所在を確かめないわけにはいかない。

すでに二十二時を回っているせいで、当然ながら正面玄関は開いていなかった。警備室のある裏口へ回り、社員証を見せ入館の手続きをしてから入る。

ここまで遅い時間に会社にいるのは何度かあるが、やはり灯《あか》りが落ちた会社は好きになれない。昼間の明るい印象とはまったく異なって不気味だ。

オフィスのある階までエレベーターを使って昇る間も、ちらちらと辺りを見渡してしまう始末だ。隆康と付き合うことで浮き立っていると言われても反論できない。

しっかりしないとという気持ちで、エレベーターを降りると、オフィスから灯《あか》りが漏れてきていた。

誰がこんな時間まで残っているのだろうという疑問で、怖さが薄まる。何よりも人が残っていることが心強かった。

社員証を使ってセキュリティのあるドアを開けて「お疲れ様です」と細い声で言いながら、中へと入る。

広いオフィスの奥に人の気配があった。誰だろう、と視線をやるとブラインドを閉めた窓を背にして隆康が仕事をしていた。

「部長……」

「こんばんは。来るかなとは思ったが、本当に来るとは思わなかった」

隆康は背筋を伸ばして椅子から立ち上がり、見覚えのあるスマートフォンを手に持って振る。それが自分のものだとわかって、菜々美が声を上げた。

「私の」

「通りかかったデスクの上にあったから、預かった」

菜々美は早足でデスクのそばに寄り、スマートフォンを確かめる。裏に花の刺繍のある青い布製のケースは紛れもなく自分のものだった。

心底ほっとして、胸を撫で下ろす。

「ありがとうございます。連絡をしようとしたら、なくて」

「忘れないことだな」

隆康がスマートフォンを菜々美に手渡した。

「困るだろう、あのアプリの更新通知が来ている画面なんて見られたら」

更新通知が来ているのかと確認しそうになったが、にやりとしている隆康の顔を見て菜々美は頬を膨らました。

「……個人情報がたくさん入っているから、困るんです」

「姫とか、だな」

「しつこい……」

からかうように眉を上げた隆康は驚くほど魅力的だ。

ここは会社だと気を引き締めて顎《あご》を上げた。

「何か手伝えることはありますか」

「じゃ、ここに座っていてくれ」

隆康は近くの席から椅子を引いて持ってくると、自分の横に置く。

「……仕事なら」

パソコンを立ち上げるけれど、と自分のデスクの方を見た。隆康は眉間を押さえながら、頭を横に振る。

「そこに座って、俺の手が止まらないように見張ってくれるだけでいい。そうだな、今日のコンパがどれだけ楽しかったかも教えてもらわないとな」

「忙しいんですか」

嫌味をさらりとかわして、菜々美は大人しく用意してもらった椅子に座った。

隆康は手元の資料を見ながらキーボードを打ち始める。

英文のせいで仕事の内容は何もわからないが、ものすごいスピードで文章が出来上がっていくのを菜々美は感心しながら見つめていた。

「彼女がコンパに行くと言い張るもんでね、仕事が手に付かなかったんだ」

彼らしい冗談を菜々美は何食わぬ顔で受け止める。

「なら、これから巻き返せますね。五分くらいで終わります？」

キーボードから手を離し机に頬杖をついた隆康がこちらを見た。ネクタイと一緒に喉元のボタンも外していた。疲れた様子なのに、息を呑むほどに素敵だ。

「そうだな、キスしてくれたら一分で終わる」

「っ……」

こういった会話で隆康に勝とうとしても無駄だというのは学んでいる。火照《ほて》った頬を右手で冷やしながら彼を睨《にら》む。

「念のために言っておきますが、ここは会社ですよ。部長」

「アプリで褒め褒めボイスとやらを聞けるくらい、開けた職場だよ」

にっと笑った隆康がパソコンに向き合ってくれたおかげで、菜々美は肩に入っていた力を抜くことができる。

アプリを聞いたのは、あれが最初で最後だ。それを聞かれるなんて、運が悪いとしか言えない。

仕事に集中し始めた隆康をちらりと見てから、菜々美は受け取ったスマホを開いた。そこには、隆康からのメッセージ二件と着信が一件あって、「あっ」と言葉を漏らす。

「すみません。連絡をもらっていたみたいで」

「仕事が手に付かなかった、というのも、あながち嘘じゃないだろう」

隆康はそう笑みながらも、仕事の手を止めない。

「電話を掛けたらオフィスから音がして謎が解けた。コンパが楽しすぎて、俺のことを忘れたかと思ったよ」

夜の二人きりのオフィスでも、用心深くしても足りないくらいだ。

それなのに、他人に聞かれれば二人の関係を勘繰られる会話をしてくる。

菜々美は立ち上がってオフィス内を確認しながら、声を落として言った。

「コンパは楽しかったですけど……」

「引き立て役が楽しかった、と」

隆康は訝《いぶか》しがる目を向けてきた。

亜子が狙っていた彼の強い好意の視線を思い出して、顔はにやける。

「すごくわかりやすく亜子しか見ていなかったから、面白かったです」

「もう一人の、フリーの男の方が問題だろう」

エンターキーを二度、押下した隆康は、椅子ごと身体を菜々美に向けた。

亜子が菜々美のために連れてきたという彼のことを言っている。

だが、亜子たちの付き合っていないはずなのに恋愛中のような雰囲気に二人で苦笑いしていただけで、それ以上のことはなかった。フリーかどうかも知らない。

「問題にはなりません。出会った男女の目が合ったら、話をしたら、恋に落ちるとでも思ってるんですか」

一目惚れは物語の中だけのものだ。このいかにもモテそうな人なら、同じ考えのはずだと思った。けれど、予想は見事に裏切られる。

「思っている」

「ええっ」

菜々美は隆康の回答に目を瞠《みは》った。悪いか、とでも言いたげな彼の顔を、まじまじと見る。

「……そういうの、信じないと思っていました」

「人を好きになるのに、時間は必要かっていう話だろう、それ」

隆康の言うことはわかるが、一日会ったその日からとなると、やはりよくわからない。

「俺は近内さんの目にどんな風に見えているんだろうな」

目頭《めがしら》を揉《も》んだ後、隆康は菜々美の腰に腕を回した。簡単に引き寄せられて思わず声を上げる。

「か、会社……っ」

隆康の顔はお腹《なか》に押し当てられ、背中に回った手は愛撫するように撫でてくる。

焦って周りを見渡すも、オフィスは不気味なくらい静まり返って誰もいない。蛍光灯も隆康がいる列の天井にだけ付いている状態だ。

警備の人は一時間に一回、見回りに来る。灯《あか》りがあれば必ず中まで入ってきて、誰がいるかを確認するのだ。

「警備の人が来ますよ」

肩を押し戻そうとすれば、息苦しいくらいにまた抱き締められる。隆康がいつ放してくれるかわからない。誰かに見られたらどうしようという気持ちが焦りを生む。

隆康ならそんな気持ちをわかってくれるはずなのに、解放してくれない。

「今日は疲れた。いろいろと」

「……社長に呼ばれたからですか」

そのせいで様子がおかしいのだろうか。おそるおそる問うと間ができた。昼間に社長室へと向かう隆康が憂鬱《ゆううつ》そうだったのは、気になっていたのだ。

個人的な呼び出しのようだったし、答えないのであれば内容を聞くのは遠慮してしまう。

「……週末はゆっくりできそうですか」

「どうだろう。俺の彼女は連絡をくれない上に、コンパに行き、週末の約束もしてくれない」

明らかな自分への非難が交じったので、菜々美は暗い天井を仰ぎ見た。抱き締めたまま言ってくるのだから質《たち》が悪い。

「疲れているんですよ。週末は一人でゆっくりしたほうが……」

「俺を、避けるなよ」

少し苛立ったような口調に菜々美は戸惑う。

「そんなつもりは……」

「もう他人行儀は御免だ」

背中に回っていた手が下へと下がり、臀部を撫で始めた。小さな疼《うず》きが渦を巻きながら、背筋を上がってくる。菜々美は自制心をかき集めて呼吸を整えながら、小さな声で謝った。

「ごめんなさい」

亜子のようにどんどん人の中に入っていける人を羨《うらや》ましく思う。

得意ではないだけに、指摘されてしまうと、何も言えなくなる。

「謝って欲しいとか、そういうのじゃない。――ただ」

隆康が言い淀《よど》んだので、菜々美の罪悪感が刺激された。

けれど、意識をしていなかった男性とこんな短期間で付き合うまで進んで、あまり変化を好まない自分の一部が怯えている。

「疲れているのなら、休んだ方がいいと思っただけで……」

ここ最近、隆康とよく会っていたのは気になっていた。

彼は自分よりも仕事量もあり、責任も重い。一緒にいることで疲れが取れないのではないかと考えすぎてしまう。

「世の中の夫婦は同じ家に住んでいても、疲れを癒せるんだ」

隆康はぶっきらぼうに続けた。

「週末、一緒に過ごすくらい、いいだろう」

「でも、私たちは夫婦じゃないですし」

しまった、と口にしてから菜々美は焦る。

付き合ったばかりで、話題に出していいことじゃない。こういう話は男性側には重荷になるはずだ。

菜々美がどう取り繕《つくろ》うかを考えていると、腰に回された腕が緩んで隆康が顔を上げた。

「……俺は菜々美に一目惚れをして、この会社に就職することにしたんだ」

「……」

真剣な声色と思わぬ言葉に、嬉しいよりも戸惑いが強くて立ち尽くしてしまう。

噂では隆康はアメリカで会社を立ち上げていたはずだ。経営状態も良く、前途洋々であったとも聞いている。それでも伯父の会社に就職をしたのは、社長の強い希望があったからと人づてに聞いた。

そんな経歴もきらめいている隆康と、仕事でも接点があった覚えはない。

好きになってもらえるような、そんなことがあった記憶なんてない。

固まった菜々美の態度に対して、隆康は端整な顔立ちに微かに苦笑を浮かべる。

「今日の昼間、渡したハンカチ。あれを会社の前で拾ってもらった。――覚えているか。四年前」

「よ、四年前？　会社の前ですか？」

困惑しながらも記憶を辿《たど》った。

四年前、ハンカチ、とキーワードをもらっているのに、まったくピンとこない。

「覚えていません……」

きっと人違いだと菜々美は真っ青になった。

それなら隆康の好きな人は他にいるかもしれない。そう思うと勝手に胸が痛んだ。

隆康は立ち上がり、菜々美の肩をしっかりと掴む。その強さから彼の本気が伝わってくるようで、鼓動が速まった。

「別にそれはいい。ただ、四年間、俺はずっと君の視界の中にいたはずだが、俺のことをどう思っていたのか、聞いていいか」

隆康は女子社員の憧れで、彼女の座を狙う人がたくさんいた。

それを横目で眺めてはいたが、彼のプライベートに興味を持つことはなかった。

「どうって、上司です。私からすれば、雲の上の人というか、みんなのアイドルみたいな……」

アメリカから帰ってきた、社長の甥。この二つのワードだけでも、自分とは関係がない人だと思うのは仕方ない。

会社は仕事をする場所。そうやって公私を区切ってやってきた。社内に魅力的な人がいたとしても、それは変わらないのだ。

肩を掴む隆康の手に力が入って、菜々美は驚いて目を大きくする。

「今は？」

隆康の声が真上から降ってくる。

「今はどう思ってる？」

「今はって、好きじゃなければ、こんな危険を冒《おか》していませんよ！」

菜々美は鼻息も荒く、ぐるりとオフィスを見渡した。

褒め褒めアプリを人に聞かれるよりも、隆康と一緒にいるのを会社の人に見られる方が何倍も焦るし、恥ずかしい。

「それに、大事な人だから、身体を労《いたわ》ってゆっくり休んで欲しいと思うんじゃないですか」

隆康の纏《まと》う雰囲気が和《やわ》らいだ。

「……そうか、そうだな。ありがとう」

隆康は素直に礼を口にしてから、微かに笑む。

「菜々美はどれほど俺を喜ばせているか、わからないんだろうな」

きょとん、と見上げると、視界が遮られ、腰を再び抱き寄せられたと同時に、唇が重なっていた。

オフィスだ、と抵抗しようとする力を奪うほどに、隆康が自分の唇を貪《むさぼ》ってくる。熱い舌が唇を割り入って、足に力が入らなくなるほどに蹂躙《じゅうりん》してきた。

「あ……んぅ……、ふっ」

立ち上がった胸の頂が下着に擦《こす》れて、その疼《うず》きに身体が震える。

誰かが来るかもしれないと思うのに、キスの激しさに、頭に靄《もや》がかかって理性がうまく働かなくなっていた。

キスを受け入れるように、隆康の腕から肩に手を回す。スーツの生地越しの、硬くて逞《たくま》しい身体を撫でるように手を動かす。

甘くてじれったい緊張感が二人の間に一気に高まった。

息が苦しくなるくらいに舌を搦《から》め捕《と》られて、脚のあわいから蜜が零れる。身体が火照《ほて》り、疼《うず》きがもっと直接的な交わりを訴えてきた。

流されそうになったとき、隆康の唇が離れる。

よろけそうになった菜々美を椅子に座らせた。

「……え」

突然のキスの終わりに呆然と隆康を見上げると、彼は手の甲で唇を押さえていた。菜々美の視線に気づいたのか、にやりと笑う。

「口紅が付いていたら、バレるだろう？」

誰に、と言おうとしたとき、オフィスのセキュリティキーが解錠される音がした。

びくり、と身体が震えてしまう。

「お疲れ様です。鬼原さん、まだ仕事ですか」

パーティションの向こうから、ひょこりと顔を出したのは警備員の若い男性だった。隆康とは顔見知りのようで、気さくに話しかけてくる。

「あと、少しかかりそうです」

見られたかもしれないと緊張した菜々美の肩を軽く叩いて、隆康は困ったような笑みを浮かべながら、彼のそばまで近寄った。

「手伝ってもらっているので、そんなには遅くならないです……って、もう遅いですね」

「そうですよ。そろそろ二十三時です」

警備員の態度から、キスを見られていないのはわかった。セキュリティ解除の音がしたのは、椅子に座らされた後だったのだから、冷静に考えればそうだ。

隆康が腕時計を確認したので、菜々美も壁に掛かっている時計を見た。

終電まであと一時間しかない。

駅から家までの道で街灯が少なくなる場所を思い出すと、甘い気分からあっという間に現実に引き戻された。

警備員は隆康と二、三の世間話をした後、オフィスから立ち去る。

隆康はデスクを横切りこちらに戻ってきながら悠然と言い放った。

「また一時間後に来る。彼は時間に正確なんだ」

「……もしかして、警備の人が来るのを、知ってましたか」

目の前まで来た隆康が身を折るように屈《かが》めて、頬にキスをしてきた。

そうだ、という意味を、誤魔化されたとわかったのは数秒後。既に彼はパソコンに向かって、仕事を再開している。

「私、日本人なんです！」

触れられた頬を押さえながら真っ赤になって抗議をすると隆康は笑った。

その笑顔に許しそうになるが、人が来るとわかっていてキスをするなんて危なすぎる。

「ほんとに、ほんとに、もう」

負けじと言い返したいが、また思わぬ方向から仕返しをされるのがオチだ。

ぶすり、と黙ったのに隆康は嬉しそうで、菜々美は何を言うのも諦める。

「変な噂が立って菜々美に誤解されるくらいなら、俺は付き合っているとバレた方がいい」

隆康の言葉に胸がツキンと痛んだ。彼はその見た目だけでなく立ち居振る舞いを含め、人間的にとても魅力的な人だ。

ユーモアのセンスが抜群なのにはついていけないときはあるけれど、場を明るくしようと常に自分を気遣ってくれる。

それでも、まだ自分は会社の人に知られることを、避けたい。

「――いっそ、俺たちが噂になるようなこと、してみるか。噂は勝手に広まるものかを検証するためにも」

「冗談に聞こえないんです！　それに、さっき」

もうキスをしてしまっている。きっと月曜日に出社をしたら、思い出して仕事が手に付かない。

「キスだけじゃ、暇な奴らには刺激が弱いだろ。デスクに押し倒すくらいして、喜ばせてやらないと」

「冗談に聞こえないのが、本当に怖いです」

隆康の目に熱っぽさが宿って、先程のキスの感触を思い出した。

唇だけでなく口腔《こうこう》も巧みに愛撫してきて、冷静さを追いやってしまう、上手なキス。

思い出してぼうっとしていると、手を取られた。頭の中を覗かれたくない想像をしていただけに、心臓が飛び出しそうなくらいに驚く。

「さて、仕事が終わったから帰ろう。送るよ」

「ありがたいですけれど、方向が逆ですから大丈夫です」

時間も時間だし、隆康は家の前まで送るといって譲らないだろう。そうすると、好奇心丸出しの母親の博子が出迎えそうだ。

彼が姿を見せた瞬間、夜ということも忘れて、根掘り葉掘りいろいろ聞いてくる様《さま》がありありと思い浮かんだ。

菜々美は顔をしかめたが、隆康は宥《なだ》めるように手の甲を親指で撫でてきた。

異論を許さない鋭い視線を向けてきて、繰り返す。

「断られても送る。ちょうどいいことに、俺は会社に車で来ている」

「本当に、言い出したら引かないですよね」

こうなると、隆康は絶対に自分の意見を曲げない。

菜々美はずっと触れられたままの手を見た。返事をするまで放してくれそうになかった。

博子が寝てくれていることを祈って、菜々美は頭を下げた。

「遅いのにすみません。よろしくお願いします」

「よし、帰ろう」

菜々美が承諾すると、やっと隆康が手を放してくれる。

オフィスの電気を落として、二人でエレベーターを待った。一人で昇ってきたときは心細かったのに、今は安心感があって菜々美の頬が緩む。

送る、と言い張った隆康の横顔を見上げる。

先程の話が本当なら、彼は長い間、自分に気持ちを向けてくれていたことになる。

到着したエレベーターの扉が開いたので、二人で乗り込んだ。

新入社員の頃は、仕事を覚えるのに必死の日々だった。誰かが落としたハンカチを拾って渡すなんてことをしたのなら、自分でも驚きだ。

見えない誰かの期待に応えようと努力をしてきて、それは自分をすり減らすだけだとわかったとき、何かが吹っ切れた。

褒め褒めアプリと出会ったのもその頃だったと思う。そう、ずっと人に興味を持つ余裕なんてなかった。

隆康の気持ちは、心を開いていればすぐにわかったものかもしれない。

エレベーターの中、まだ会社の中だというのに、手を握ってきた隆康にそう思った。


夜も遅いせいか車は渋滞に巻き込まれることなくスムーズに進んだ。

途中にうとうととしていたのだが、気づいた隆康は寝ることを勧《すす》めてくれた。

以前なら申し訳なくて絶対に起きていたと思う。

お酒を飲んでいたのもあり、少しだけのつもりで目を瞑《つむ》った。そんな変化がこそばゆくもあり、隆康が自分にとって心を許せる人になってきたことを表している気がする。

肩を揺すられて目を開けると、既に家の前だった。

本当に寝入っていたらしく、菜々美はシートから身体を起こした。完全に寝ていた自分に驚く。

「ごめんなさい。本当に寝てました……」

「疲れてたんだろう。お疲れ様」

気を使ってヘッドライトを消して車を止めてくれていた。

助手席側から見える家を見ると、リビングに仄《ほの》かに灯《あか》りがついていた。誰かがまだ起きているか、台所の電気をつけたままにして寝ているのか、どちらかだ。

後者であることを願いつつ、菜々美はバッグを手に持った。

「送ってくださって、ありがとうございました」

車の時計を見ればもうかなり時間は遅く、隆康が家に帰る頃には午前零時を超えるだろう。隆康がシートベルトを外して軽く背伸びをした。さすがに疲れているように見える。

菜々美は申し訳なさそうに呟いた。

「一人暮らしなら、寄ってもらったんですが……」

少し休んでもらうくらいはできただろう。――泊まってもらっても良かった。そう考えると、勝手に頬は赤くなる。

隆康の視線がそんな自分を通り越し外を見た。彼の視線の向こうは自分の家だ。嫌な予感がすると同時にコツコツと窓が叩かれて、菜々美は嫌な予感のままに振り向いた。

「お母さん……」

寝間着にカーディガンを羽織った博子が、はち切れんばかりの好奇心をそのまま表情に出して、身を屈《かが》めて車内を覗いている。

「すみません。私の母親です」

「挨拶をする」

「ちょっと、待って……！」

止める前に隆康が車を降りたので、菜々美も慌てて続いた。

「お母さん、あの」

車を降りて博子に話し掛けると、ちょうど回ってきた隆康が横に並ぶ。家族と付き合っている人を引き合わせることになるなら、心の準備の時間が欲しかった。

そんなことも言ってはいられず、菜々美は覚悟を決めると博子に隆康を紹介する。

「部長の鬼原隆康さんです。遅いから送ってくれて……」

「こんばんは。夜遅くまで残業に付き合わせて申し訳ありませんでした」

「いえいえ。娘がいつもお世話になっております。送って頂いてありがとうございます」

お酒の匂いをさせているのに、隆康は残業だと言ってくれた。

礼儀正しい挨拶が交わされているのに、ほっとできないのはなぜだろうか。

関係はそれだけなのか、という無言の圧力を博子から感じる。このプレッシャーのせいで落ち着かないのだ。

焦った菜々美は隆康の様子をちらりと窺《うかが》った。礼儀正しい笑みを浮かべたままなのに、どこか面白がっているようにも見える。

菜々美が隆康を『彼氏』として紹介しなかったから、何も言わないで合わせてくれているのだ。その余裕の態度に焦っているのは自分だけなのかもしれない。

何も言わない菜々美に焦《じ》れてきたのは博子だった。

姿勢が前のめりになってきている。

このままじゃ、望む答えを聞けるまでありとあらゆる質問を浴びせてきそうで、菜々美は天を仰いで観念した。

「お付き合いを……させてもらっています」

「あら！」

最後まで言い終わる前に、博子がひどく嬉しそうに目をきらめかせ、隆康は丁寧に頭を下げる。

「菜々美さんとお付き合いをさせていただいています。ご挨拶ができて嬉しいのですが、遅い時間になり申し訳ありません」

「そうね、夜も遅いし、ここで話しているとご近所の迷惑になるわね。そうだわ、今日は泊まっていきませんか。明日はお休みかしら」

「……お母さん、今、と、と、泊まっていきませんかって言った？」

斜め上から叩かれるような博子の切り返しと提案に菜々美はのけぞる。

唖然としている娘をよそに、博子は目をらんらんと輝かせて隆康の顔を見上げ、返事を待っていた。

隆康は動揺することなく、微笑んでいる。

「明日は休みです。お誘いありがとうございます。ですが、急ですしご迷惑でしょうからまたの機会に」

隆康がやんわりと断ってくれたので、菜々美は我に返る。

付き合って日が浅い彼女の実家なのに、よりによって母親がいきなりお泊まりを誘うなんてしないで欲しい。

常識や良識が、菜々美の頭の中でぐるぐると回る。

「お母さん。鬼原さん、忙しい方で、疲れてるの」

「あら、疲れているのなら尚更よ。これ以上の運転は危ないわ。鬼原さん、お夕食は済ませた？」

博子があまりにもストレートにぶつかっていくので、恐怖さえ感じる。横で娘が固まっているのに、勢いは止まりそうにない。

「それが、まだでして」

「あらまぁ。菜々美は料理が得意なのよ」

勝手に料理自慢をされて菜々美は唸《うな》った。

隆康が笑顔を絶やさずに合わせてくれるのはありがたかったが、もう夜も遅いのだ。

ヒートアップする母親を宥《なだ》めようとすると、隆康が自分のお腹《なか》をさする。

「すごく空腹なんです。……こんな遅くに、しかも急ですが、ご迷惑でないのなら、お言葉に甘えてもいいですか」

「えっ」

「迷惑だったら誘わないわ。社交辞令でお誘いなんてしないの。さて、決まりね」

「えっ」

慌てているのは菜々美だけだった。

こうと決めた博子は素早い。車をガレージに誘導し、隆康を家に上がらせると、すぐにお風呂を用意する。

その間に菜々美に食事を作るように伝えて、寝床の準備だとバタバタと走り回った。

隆康は起きていた父親の芳樹《よしき》とリビングで挨拶を交わした後、菜々美が用意した熱いお茶を飲みながら談笑をしていた。

隆康との仲が、こんな突然にオープンなものになるとは思わなかった。

彼は両親の心を、ほんの少し一緒に過ごしただけで掴んでしまったように見える。

母親の強い勧《すす》めで風呂に入った隆康がリビングに戻ってきた頃には、両親はすでに寝室に引き上げていた。

娘と二人きりになどしない、という昭和感の溢れる情緒はないようだ。

「風呂、先にいただきました」

隆康のこういう自然に出てくる一言が、親の心を掴んだのだろうと菜々美は苦笑する。

兄が置いていたシャツとスウェット姿の隆康は、ラフなのにかっこいい。袖も丈も少し足りないのだが、着る人がいいとブランド品にも見えるのだなと納得してしまった。

リビングのテーブルに着いた隆康は、菜々美が出した料理を前に頬を緩ませる。

「悪いな。夜遅いのに」

「大したものじゃありませんから……」

菜々美は鶏ガラスープを使った汁で作った、鶏もも肉と長ネギのうどんを用意した。夜も遅いので軽めだが、栄養も取れるようにと、具を多めにしてみた。

「もし足りなければ、スープが残っているのでおじやもできます。糖質ばかりになりますけど」

「すぐ眠れるコースだな。素晴らしい提案だ。ありがたい」

本当に簡単すぎる料理なのに、隆康は嬉しそうに丁寧に手を合わせる。その姿に胸に温かいものが広がった。

箸を取った後、ひとくち食べた隆康が破顔する。

「——うまい」

「口に合って良かった」

菜々美は胸を撫で下ろす。

家族以外の異性に食事を振舞ったのは初めてで、自分でも驚くくらいに緊張しながら作った。いつもはしない味見をし過ぎて、実はよく味がわからなくなっていたのだ。

やっと安心して、菜々美は自分にも用意したお茶を飲んだ。

「いつも会社で弁当だろう。あれは自分で作ってたのか」

「え、ああ、はい。土曜か日曜日に一週間分のおかずを作って、詰《つ》めてるんです」

社食は安いが時間差で昼休みを取れるわけじゃないので、いつも混んでいる。

お弁当であれば少しは節約できるし、人混みの中に行くというストレスもない。

「月曜日、社食にいて珍しいと思ったんだ。俺の家に泊まったから、作れなかったんだな」

「そんなことを考えていたんですか」

ルーチン化しているので、同じおかずを作るだけだ。レシピを考えるわけではないから、帰ってからでもやろうと思えばできた。けれど、隆康と過ごした時間があまりにも濃密で、何をしても思い出してしまい、手に付かなかったのだ。

「私がお弁当なの、知っていたんですね」

菜々美は隆康がいつも昼をどこで取っているかを知らない。

同じオフィスでも席が遠いと昼をどう過ごしているのかまでは知らないものだと思う。

隆康は食事の手を止めて、菜々美を上目遣いに見た。

「菜々美をよく見ていたから」

「どうしてですか」

自分はそんな目立つほうじゃないはずだ、と菜々美が首を傾《かし》げると、隆康は片眉をつり上げた。

「好きな人と話す機会を作るには、よく観察するしかないだろう」

一目惚れ、と言われたことを思い出して、菜々美は頬を赤く染めて黙り込んだ。

褒め褒めアプリを聞かれるまで、ほとんど話したことさえなかったのだ。隆康にそんな風に見られていたと、本人から聞かされると恥ずかしい。

「コーヒーはブラック、お弁当持参、仲がいいのは木村亜子で、飲み会の誘いは基本的に断るから誘われない。休憩室には基本的に一人で行って休んでいる。——誰にでも平等に、他人行儀だ」

「あと少しで、それストーカーですよ」

見事に当てられて、そんな彼の視線をまったく感じたことがなかっただけにたじろぐ。

そういえば、隆康は何も聞かずにブラックコーヒーをご馳走してくれた。菜々美がいる休憩室によく来たのも、それを知っていたからと思えば納得できる。

隆康は菜々美の指摘になるほど、と頷いた。

「ストーカーか。少しの変化も見逃さないってことなら、舞台の待ち合わせの電話をしたとき、風呂に入っていたのはわかった」

ちょうど飲んでいたお茶を、盛大に吐《は》きそうになった。

かろうじて喉に流し込んだが、気管に入って咳き込んでしまう。

「ぎ、気づいて……ッた……って……」

「声の反響とか、水音とか。菜々美の声に集中していれば、自《おの》ずと」

言いながら立ち上がった隆康が回ってきて、大きくて温かい手で背中をさすってくれた。

喉の苦しさは変わらなかったけれど咳は止まって、波立っていた気持ちは治まる。

その自分の反応で、気づかされた。隆康を好きだけじゃなくて、信頼もしている。

「あの、ありがとう……」

「ついでに言うと、風呂だと気づいて、話を長引かせた」

咳が止まったばかりなのに、耳元で囁《ささや》かれた。息が耳に掛かって今度はお茶を零しそうになる。

おまけに実家のリビングだというのに、身体の内側から熱を持った疼《うず》きが込み上げてくる。

隆康は菜々美の反応に満足をしたのか、席に戻って食事をまた始めた。

「同じ風呂に入れて光栄だ」

「それ以上言ったら、変態！　変態ですよ！」

隆康が変態でも受け入れられる気がするのだから、すでに恋の病に罹《かか》っている。

うどんをおいしそうに食べる隆康を見ながら、両親とも隆康を気に入ってしまったのも無理はないと思った。

粗《あら》を探そうにもないのだ。

よく引き締まった長身に端整な顔立ちで、ともすれば天狗になりそうなのに、礼儀作法も完璧で人の話をよく聞く。両親くらいの年齢なら、それが一番『いい人』に見えるはずだ。

「うちの両親に、付き合っていることがバレちゃいましたね」

お茶の入った湯飲みを両手で包み込んで、菜々美は息を吐《は》いた。

母親の興奮の仕方だと、結婚を勝手に夢見ているに違いない。

「そうだ、お父さんに犬の話をしたら、飼ってもいいと言っていた」

そんな話までしていたのかと、菜々美は顔を上げた。

「社長のお宅の、子犬ですか」

「そう。——ごちそうさまでした」

残さずきれいに食べてくれた隆康に、菜々美は熱いお茶を入れ直す。

冷蔵庫から食後に良さそうな羊羹《ようかん》を出すと、隆康が何やら考えている顔をしていた。

「父親なら、飼うと言いそうですけど」

子どもが成長して、一番寂しい思いをしているのは父親だと感じることがある。

世話をするのは母親だから、と菜々美は彼女の賛同を得られるかを考えていた。けれど、そもそも交渉先が違ったらしい。

「お母さん次第だとは思うが、後で聞いてみると言っていた」

父親から伝えれば、母親も首を縦に振る可能性は高い。

家に帰ったら犬がいる生活を思い浮かべただけで嬉しくなった。早くに仕事を切り上げる、いいきっかけになりそうだ。

にんまり、と笑みを浮かべると、隆康は机の上に腕をついた。

「一匹は俺が飼うことになる」

「苦手なのに？」

子犬が苦手なのは明らかだったから、菜々美はすぐに聞き返した。怖いと思われながら飼われる犬も可哀想だ。

「乗り越えられそうな気はしているんだ。この間、少しの間でも抱くことはできたし。いつまでも苦手苦手と逃げ回っていてもしょうがないと思い直した」

社長の家で菜々美がケーキを食べられるようにと、隆康が子犬を抱いてくれた。

自分のために本当に苦手を克服しようとしてくれているのだろうか。聞いてみたかったが、思い上がっている考え方に恥ずかしくなり留まった。

「犬が好きになったら、きっと家に帰るのが楽しくなりますよ。警備員さんと仲良くなるほど、残業が増えることもなくなると思います」

「犬を飼ったら、菜々美もあのアプリを聞く回数が減ると思う」

そう来たか、と菜々美は上目遣いに隆康を睨《にら》んでから、お茶の渋みを味わう。

躊躇《ためら》うように唇を引き結んだ後、心を込めて口を開いた。

「最近、彼氏ができて、それから全然聞いていないんですよ」

隆康が表情を緩ませる。

「でも、そろそろ、毎日聞く日々が帰ってきそうです。彼、ユーモアのセンスが抜群すぎて、時々ついていけないもので」

意趣返しをしたつもりだった。

だが、素早く手首を隆康に握られて、菜々美は危うくお茶を零しそうになる。慌てて、湯飲みから手を離した。

「お茶っ……」

「ならアプリの代わりに俺が毎日、菜々美が降参するまで甘い言葉を囁《ささや》くとしようか。そうだな――例えば、菜々美の甘い唇を今すぐ……」

「わかりました、負けました！」

夜だというのも忘れて、菜々美は大きな声を出してしまった。

やっぱり、こういう会話では負けてしまう。隆康の辞書には『恥ずかしい』という言葉はないのかもしれない。

頬を紅潮させる菜々美に、いつもなら笑む隆康だったが今日は違った。

「本気なんだ」

掠れた声で言いながら、握ったままの菜々美の手の甲をさすり、その目を覗き込んだ。

「優しくて、責任感がある。そのくせに不器用で、純粋で、目が離せなかった。俺が社長の甥で、アメリカ帰りで、それだけで菜々美は俺に興味を持つと思っていたが、逆に俺を遠ざけた。菜々美は、本当の意味で謙虚に好意を向けるとはどういうことかを教えてくれる」

最高の褒め言葉に喜びが膨らんでいく。手の甲をゆるゆると撫でる隆康の指の体温が、これは夢じゃないと教えてくれた。

菜々美は隆康の手を握り返す。

「ありがとう、ございます」

それ以外の言葉が浮かんでこない。

あまりにもぐいぐいと来て、ついていけないと思うこともあるが、隆康の好きなところを挙げれば両手両足の指でも足りないと思う。

自分を傷つけない無機質なものに慰《なぐさ》めを求めていた。踏み出す勇気をくれたのは、隆康だ。

「ゆっくりでいい。けれど、俺が菜々美の家族にこうやって会っている意味を、伯父家族に会わせたことも含めて、考えてくれると嬉しい」

いくら恋愛に疎《うと》いといっても、それがどういう意味かはわかる。

「俺の両親にも、会って欲しいと思っている」

菜々美は瞬《まばた》きも忘れて隆康の目を凝視した。

「それは……」

どういうこと、と菜々美が続けようとすると、隆康は唇に人差し指を立てる。その魅力的な表情に、言葉を呑み込んだ。

「菜々美が断れない状況を作っていくから、待っててくれ」

「もう十分、断れない状況です……」

自分の心をこれほどいい意味でかき乱す人は、これまでもこれからも彼だけだ。

それが、隆康で良かった。


博子が隆康が休むために整えたのは、兄が使っていた部屋だった。

さすがに同じ部屋には休ませようとは思わなかったらしい。

菜々美の部屋は兄の部屋の奥にある。遅い風呂を終えて兄の部屋の前を通るとき、ドアの前で足を止めた。すっかり寝入っているのか、物音がまったく聞こえてこない。

嬉しいような寂しいような複雑な気持ちを持て余しながら、菜々美はドアの木目を目で追う。

両親は子ども部屋に鍵を付けなかった。だから、このドアノブを回せば、隆康の寝顔を見ることができるのを知っている。

菜々美は乾かしたばかりの髪に手櫛を通していたが、好奇心が勝った。

隆康が実家に泊まる機会なんて、これからあるかどうかもわからないのだ。どうしても休んでいる彼を見たい。

菜々美は意を決して、音を立てないようにドアノブを静かに回す。部屋の窓が街灯のそばにあるため、遮光性のないカーテンから光が入ってきていた。

ぼんやりと浮かび上がる部屋の右端にあるベッドに、壁側に身体を向けて隆康が寝ていた。ベッドからはみ出しそうだと思いながら、菜々美は息を潜《ひそ》めて近寄る。

ベッド脇に近寄ってみて、覗き込まないと寝顔が見えないことがわかった。

これ以上近寄ると起こすかもしれない。疲れている隆康を起こしてしまうのはさすがに躊躇《ためら》われた。

諦めの溜め息を小さく吐いて踵《きびす》を返そうとしたとき、手首をぎゅっと掴まれ、叫び声をかろうじて呑み込んだ。

「……夜這《よば》いは嬉しいが、避妊具がない」

菜々美の手首を掴んだまま上体を起こした隆康は、眠そうながらもこちらに顔を向けてきた。

「なっ、違う、違います。そんなんじゃないですが、ごめんなさい。起こしました。その、気になって」

起きた途端にそういう冗談が言えることに苦笑しながらも、申し訳なさに菜々美は身体を縮こめる。隆康は手首から手を離して、首を横に振った。

「気にしてくれたのなら俺は大丈夫だ。なんだ、抱かれに来たんじゃないのか」

「絶対に違います。実家ですよ！　おやすみなさい」

隆康が言うと冗談に聞こえない。

菜々美が何事もなかったかのように去ろうとすると、腰に回ってきた腕に抱き寄せられた。

「またっ」

そのまま隆康の下半身の上に被さってしまう。彼の脚の間にある強張《こわば》りに身体が当たって、目を瞠《みは》った。

「生理現象だから気にするな」

隆康はまだ寝ぼけているのか、菜々美の髪を撫で始める。その優しい手の動きに、身を任せていると、部屋の中が呼吸の音だけになる。住宅街だから、夜はしんと静まり返るのだ。

家にいてこんな満たされた安心感を得たことはなかった。眠気に襲われ始めた菜々美は、もぞもぞと上半身を起こしてベッド脇に膝をつく。

「……添い寝をしてくれるんじゃないのか」

頬に優しく触れられて、できるものならそうしたい気持ちが高まった。

だが、実家の上に、お風呂上がりのノーメイクだ。隆康の家に泊まったときは、メイクを完全に落とすことはしなかった。明るい場所で素顔を見せる勇気はまだなかった。

「添い寝をして、朝、横に別人がいると騒がれても困るので」

「先週末、ほぼノーメイクだったじゃないか。可愛かった」

自分では化粧がまだ残っていると思っていただけにショックだ。だが、可愛かったと言われれば悪い気はしない。

隆康も目が覚めてきたのか、手は段々と大胆になる。親指が下唇に触れて、軽く押し開けられた。

「……この可愛い唇で、してくれるのか」

隆康の低い声は淫《みだ》らな響きを孕《はら》んでいた。ややあって、掛毛布の下で張り詰《つ》めている猛《たけ》りのことだとわかる。

「私……」

菜々美の喉はカラカラになった。

隆康から乞われたこともないため、そういう行為を自分がすると考えたことはなかったからだ。

身体の中に深く沈められる、あの隆康の象徴のような大きなものが口に入るのか。

第一、ここは家だと理性は伝えてくる。菜々美は不安げに隆康を見上げて、乾いた唇を湿らすように舐めた。

「まずは、触ってみても、いい？」

「……もちろんだ」

隆康は掛布団を捲《まく》ると、スウェットのズボンを下げた。

現れた脚の間で天に向かって堂々と反り立つ見事な肉棒に、菜々美はおそるおそる触れる。

隆康がびくりと身体を動かしたのと同時、猛《たけ》りがさらに張り詰《つ》めて、その脈動が指先から伝わってきた。

「い、痛いの？」

菜々美が手を引こうとすると、隆康が首を横に振る。

「気持ちがいいだけだ。握って……上下に……、そう、上手だ……」

言われたとおりに柔らかく握って手を滑らせる。傘の部分に手が引っかからないように、包み込むように動かしていると、隆康の呼吸に溜息が交じり始めた。

この艶《つや》っぽい声は知っている。彼は感じてくれているのだ。

先端から透明の液が滲《にじ》み出してくると、嬉しい気持ちにさえなった。

隆康は髪に触れて、それ以上の行為を促《うなが》してくる。断る理由はない。

「痛かったら、言ってください」

菜々美は狂暴に反り立った剛直の傘の部分にゆっくりと顔を近づけた。結んでいない髪が顔の横に落ちてきたので、それを耳にかけながら尖端を口に含む。

思ったよりも大きくて、柔らかかった。歯を立てたら、きっと痛い。口の中に唾液を溜める間にも、どくどくと脈打つ感覚が伝わってきた。

隆康の腰が微かに動く。もっと奥まで押し込みたいのを、我慢しているように思えた。

菜々美は慎重に唾液で滑らせながら、猛《たけ》りを口の奥深くまで咥《くわ》え込む。塩っぽい味が口腔《こうこう》に広がったが構わずに、頬をすぼめるように吸いついた。

「……ふっ、あれだけ、俺と寝るのを躊躇《ためら》ってたのに、上手だな」

隆康のかすれた声は菜々美の耳にはちゃんとは届かなかった。

また膨れ上がった狂暴な杭に舌を這《は》わせながら、口で拙《つたな》い律動を繰り返すのに精一杯だったからだ。

「そんなに吸い上げられたら、出る……っ」

歯を当てないように動くには頬を使うしかない。どう舌を使えばよいかもわからなかったから、とにかく動かすしかなかった。

そのうちに唾液が唇から零れて、隆康の根元まで濡らしていく。

「根元は手を使うんだ。……そう、口と一緒に、動かして……」

いつの間にかじっとりと額に汗をかいていた。

顎《あご》の付け根がだんだん痛くなってきたせいで、動きが緩慢になっていく。

すると、隆康が菜々美の口腔《こうこう》に向かって腰を上下に動かし始めた。さすがに苦しくて呻《うめ》く。

「ふ……んっ、ううっ」

「出そうだ……っ」

こんな淫《みだ》らな行為を兄のベッドでしている。冷静に考えれば到底、受け入れられる状況じゃない。けれど、こうして隆康の感じている声を聞いていると、それでもいいから、彼を気持ちよくさせたいと思えてくる。

彼の欲望の動きを咥《くわ》え込んだまま、隆康の顔を見上げた。

「そんな可愛い顔で見るなよ。……出せなくなる」

快楽で艶《つや》っぽさが増した目で見つめられていて、自分の下肢がじんと痺《しび》れて熱くなる。口じゃなくて身体の中に、そんな思いがこみ上げてきた。

頬を窄《すぼ》め、口蓋を使いながら扱《しご》く。零れた唾液は、彼の男の匂いも混じっている気がして、その香りにまた興奮を覚えた。

「中に入れたくなるだろう……」

それは同じ気持ちだ、と泣きそうな目で見上げると、顔を歪めた隆康にぐっと喉の奥に突き上げられた。

「んんっ」

「出る……っ」

隆康が身体を震わせたと同時、勢いよく白濁が口腔《こうこう》に吐《は》き出された。

「……」

口の中に注ぎ込まれたどろりとしたものを呑み込むこともできずにいると、隆康がティッシュを差し出してくれる。

「早く出せ」

珍しく隆康が焦っている。顎《あご》の痛みを感じながら、菜々美は受け取ったティッシュにそれを出す。彼はそれを素早く取り上げるとごみ箱に放り投げた。

「飲んだ方が、良かったですか」

「変な質問をするなよ」

隆康を困らせるにはこういう方法があるんだと痛む顎《あご》を感じながら思っていると、唇を重ねられる。

「んっ」

口にはまだ青い匂いが残っていて、顔を背けようとしたが後頭部を支えられ、頭を動かせなかった。

その全てを味わうようなキスに、菜々美の頭はぼうっとしてくる。

「避妊具を持ってくれば良かった」

「私も」

隆康は必ず避妊をしてくれたから、任せっぱなしだった。

身体の熱を冷ますように胸を大きく上下させて呼吸をすると、彼の手が菜々美の寝間着の裾を掴んだ。

「何するの」

疑問に答える前にあっというまに寝間着を脱がされベッドの上に仰向《あおむ》けにされた。

指が脚の間に入り込み、なんの迷いもなく菜々美の熱く疼《うず》いていた花襞を割る。

「待って……っ」

「濡れてるじゃないか。俺を咥《くわ》えながら、感じていたのか」

蜜口に指が沈められていくと、甘美な快感に菜々美は口を押さえて背中を仰《の》け反《ぞ》らせた。肉襞をかき回す指はすぐに増やされて、性急な動きでぐちゅぐちゅと出し入れされる。

その度《たび》に歓《よろこ》びに押し上げられた。力強い指が更なる歓《よろこ》びを激しく掻《か》き立てる。

「っ、っ、……っ！」

より敏感なお腹《なか》の内側を二、三度擦《こす》られて菜々美はあっという間に極に達した。ヒクヒクと、彼の指を締め付ける感覚と、ベッドに身体が沈む感覚に呆けてしまう。

「可愛すぎるだろう」

ぎゅっと抱き締められた。力が抜けた身体はその抱擁をただ受け入れる。息苦しさの中にも幸せを感じた。

もっと強い刺激が欲しいのはお互い一緒だ。しばらく見つめ合って、二人で苦笑する。

「高校生みたいに、財布にゴムは入れるようにする」

隆康が苦々しく呟いたので、菜々美はくすくすと笑いながら頷いた。

どんなに熱情に駆られても、大切な部分は理性を保ってくれる。

幸福感で、胸がいっぱいではちきれそうだ。

「金運が良くなるとか、言いませんでしたっけ」

「なんのアイテムだ」

隆康の茶化す声を聞きながら、菜々美は目を瞑《つむ》る。

褒められているわけでもないのに、隆康といるだけでアプリを聞いている時以上の充足感があった。

「おやすみ、姫」

こめかみあたりに唇を押し当てられると、にんまりとした顔が固まってしまう。

「おやすみなさい」

少し眠ってから、自分の部屋に戻ればいい。菜々美は隆康の腕の中で、すぅっと眠りに落ちた。

5

隆康は土曜日の丸一日を、菜々美の家で過ごした。

起きたのが昼過ぎになったことと、母親が犬を飼うことを承諾したためだ。

道徳とのやりとりは、菜々美の家から隆康が全てした。子犬を迎える前に用意するものなどをメモして、その買い物にまで隆康は同行してくれたのだ。

ただ両親は、道徳が菜々美の勤める会社の社長だとは知らない。

立場を明かしてしまうと、犬を飼うことが強制にもなりかねないからだと気を使ってくれた。

隆康が社長の甥とも知らない母親は、礼儀正しくよく動く彼に大満足で『彼をくれぐれも大事にしなさい』と何度も言い含められて辟易したほどだ。

来月には家に子犬を迎えることになる。それだけで両親が明るくなった。愛でることができる存在は大事なのだなと感じる。

月曜日の朝、始業前にマグカップにコーヒーを注いでいると、亜子が紙袋を差し出してきた。

「おはよう。金曜日はコンパに来てくれてありがとう。これ、お礼」

「ありがとう……って、気を使わないでよ。あのセッティング、必要があった？　すごくいい雰囲気だったけど」

菜々美が紙袋を受け取ると、亜子は気まずそうに笑んだ。

「うーん、実は、付き合い始めてたんだよね」

「おめでとう。――でも待って。ならあの飲み会いらなかったよね」

納得できるような、できないような。亜子が幸せなら問題ないのだが、菜々美は首を傾《かし》げた。

「菜々美に出会いを、と思ってね……」

そう言いながら亜子は天井を仰ぐ。自分が気を使われたのかと苦笑した。

「気持ちは嬉しいよ。ありがとう。でも、私たちは亜子たちに当てられただけだったよ。そういう雰囲気はなし」

「うん、そう思っているのは菜々美だけでね。あの『きれいな人』の連絡先を聞かれているんだけど、どうする？」

きれいな人とは誰だ。その部分を亜子に強調されて、菜々美は冗談かと思った。

彼の名前を憶えていないほどだし、そんな好意を感じるようなことはなかったと断言できる。

「きれいで話をしづらかったそうですよ。また四人で飲みたいって言われてるんだよね。なんていうか、グループ交際？」

「リップサービスでしょう」

「付き合ってる人がいるなら、そう伝えるけど」

付き合っている人がいるとは言えず、顔が引き攣《つ》る。

固有名詞を避けて交際相手がいると伝えても、誰だと食い下がってくるはずだ。

菜々美が対応を考えていると、月曜日の朝とは思えぬ高いテンションの、わざとらしく高く明るい萌咲の声が割って入ってきた。

「おはようございまーす。近内さん、あのコンシーラー、使いましたぁ？」

「コンシーラー」

実は、コンパに行く前に亜子と化粧直しをした際に彼女に捨てられた。使えないプチプラコスメの代名詞みたいなものだと言って。

そんなことを言えるはずがない。

萌咲がそばにある冷蔵庫を開ける。中から牛乳を取り出すとマグカップに注ぎながら、聞いてもいないのに二人に向かって可愛く微笑んだ。

「ブラックコーヒー、飲めないんです。たっぷりのミルクと砂糖がないと、とても」

ブラックコーヒーが入っているマグカップを手に持っていた菜々美は、噴き出しそうになるのを堪《こら》える。

横では亜子が、氷のような冷たい目で萌咲を睨《にら》んでいたので、菜々美はさりげなく話題を変えた。

「コンシーラーね、まだ使ってないんです。週末は時間がなくて。使ったら報告しますね」

来週には萌咲は別の課の人間で、話すこともなくなるはずだ。それまで、やりすごすしかない。

「ええっ。週末はお化粧しないんですか」

大仰に目を見開かれたが、そんなことを言ったつもりはない。コミュニケーションが難しいなと思う。

「近内さん、このままだと本当にオールドミスだから、本当に気を付けた方がいいですよ」

わざわざ声を潜《ひそ》めてきたので、苦笑するしかない。

だが、横にいる亜子のこめかみに血管が浮き上がってきたのを見て、無視するわけにもいかなくなった。

「そうですね。気を付けます」

「そうですよ。男ひでりのまま歳をとって、満たされないせいで、他人に厳しくなるなんて、人として寂しくないですか？」

マツエクで人形のようになった目で上目遣いに見られる。前なら傷つきもしただろうが、週末も隆康に大事にされ甘やかされたため響かない。

あからさまな攻撃も受け流そうとしたが、先に亜子が反応した。

「男と見れば尻を見せるよりマシじゃない？」

「なっ」

ボソリと言った、亜子の痛烈な一撃に菜々美は固まる。

萌咲は顔を紅潮させ鼻の穴を膨らませたかと思うと、ふんっとそっぽを向いてその場を去っていった。

「何、あの女。あんなことばっか言ってくんの？」

「最近、なんかひどいね」

前まではそれほどではなかったのだが、どうしてかはわからない。亜子はプリプリと怒りながら、紙袋を指差した。

「それ、私が持ってるハイライトと同じものだから使って。捨てちゃったお詫《わ》びと、コンパのお礼だから。それに、あんなことを言われて悔しくないの。ていうか、悔しがりなさいよ。それで化粧して、また飲み会をするからね」

月曜の朝からとばっちりを受けて、菜々美は項垂《うなだ》れる。

「ちゃんとお金は払うよ。それに、亜子がうまくいったなら、飲み会をする必要はないよね」

「このハイライトを使った化粧直しをマスターして、あのお堅いスーツじゃないオフィスカジュアルで、モテることを証明するのよ……。だって、私が悔しい！」

亜子は地団駄を踏む。菜々美よりも、亜子の方が萌咲の態度に頭に来ているらしい。

「おはよう。朝から楽しそうだな」

小さな紙袋を挟んで問答をしていると、通りかかった隆康が声を掛けてきた。

肩幅を際立《きわだ》たせるダークグレーの上着に、真っ白なシャツと色味を抑えた赤と紺のレジメンタルストライプのネクタイ。長くて逞《たくま》しい足を包むスラックス、完璧に磨き上げられたモンクストラップの革靴と、完璧だ。

週末のラフさとはまったく違う、ビジネスパーソンとして放つオーラの凛々しさに嘆息する。

隆康は出勤してきたばかりらしく、まだ手には通勤鞄があった。

「あ、部長。おはようございまーす」

隆康の格好を上から下まで素早くチェックした亜子が、元気に挨拶をする。

「週末に飲み会があって、その第二回目の打ち合わせをしていました」

「なるほど」

隆康の視線が、菜々美にちらりと注がれる。一瞬、苛立ちと悪戯《いたずら》っぽい表情が浮かんだ気がしたが、すぐにそれは消えた。

「近内さんの彼氏は、そういうの問題ないのか。心の広い、いい男だな」

「えっ」

彼氏である隆康から直球で質問をされた。しかも絵に描いたような笑顔だ。

おまけに自分自身を遠回しに褒めていて、菜々美は引き攣《つ》った笑みを浮かべた。

「彼氏は……」

亜子にもまだ彼氏ができたとは言っていない。どこの誰かという話に絶対に発展するし、うまくはぐらかす自信もなかったからだ。

「菜々美、彼氏できたの。まさか、金曜日の飲み会の？」

「どうしてそうなるの」

「へぇ。金曜日の飲み会で、彼氏ができたのか。モテるじゃないか」

隆康が興味深そうに片眉を上げたのを見て、菜々美は持っていたマグカップを棚の上に置く。

どこまでが冗談なのか。この場をどう乗り越えるべきかと悩んでいると、亜子は腰に手をやって思い切り眉間に皺を寄せた。

「とにかく、彼氏がいるなら、あんな小娘にいいように言われてるんじゃないの。言い返せばいいじゃない」

「相手にしたらまた何か言われるでしょう。放っておけばいいから」

「そういうのが、相手の態度を助長するの」

その通りでもあるので返事に詰《つ》まる。

亜子は彼氏ができたことを伝えていないことよりも、萌咲の菜々美への態度を不満そうにしていた。

「何かあったのか」

「エイジハラスメントですよ」

亜子が萌咲の態度をかいつまんで話すと、隆康の顔から笑みが消えた。

人の口からダイレクトに聞くと、確かに個人的な攻撃だなと感じる。

「近内さん、あまりにひどいようなら上に上げろ」

ハラスメントを受けた場合に、従業員が匿名のままに社内に設置されたハラスメント相談窓口まで直通電話で訴えることができる。

隆康は、菜々美が仕事の相談を自分にしないとわかっているのだ。

「鬼原部長」

隆康のデスクの方から彼を呼ぶ声がして、彼は手を挙げてそれに応える。

この話は終わりだと思い菜々美も戻ろうとすると、隆康が肩を掴んで耳に顔を寄せてきた。

「いいな」

「は、はい」

肌を撫でるような低くて心地よい声に、一瞬我を忘れかける。

だいたい、この態度は上司と部下のそれじゃない。菜々美が慌ててこくこくと頷くと、隆康は肩を軽く叩いてデスクへと足を向けた。

「うーん、いい男だねぇ。観賞用だけど」

後ろ姿に向かって、亜子がほぅっと溜息を吐く。その『観賞用』が彼氏なのだから、言いにくいことこの上ない。

「あの小娘と部長とは、ただの噂だね。どっちかというと、菜々美との方がそれっぽい」

「何それ」

にやり、と意味ありげな視線を向けられて菜々美は冷や汗をかく。

隆康はオフィスで噂になってもいいと言っていたが、さっき身体に触れてきた態度はまさにそれだ。自ら言いはしないが、隠すつもりもないのだろう。菜々美は頭を抱えた。

それにしても、萌咲はなぜあそこまで攻撃的なのだろうか。隆康と親しくなるきっかけになった残業をした日辺りが、境だった気がする。

だが、萌咲からの態度は異動までのあと少しの辛抱だから我慢だ。

すっかり、週末の楽しい気分は吹き飛び、浮き足気味だった気持ちが地についた。

感謝すべきかもしれない。そうポジティブに捉《とら》えて菜々美は仕事へと気持ちを切り替えた。


萌咲の歓送迎会に幹事の亜子が選んだお店は、小籠包《しょうろんぽう》が有名な中華料理店だった。異動先の部署の人たちも集まるので、それなりに人数も多い。

大人数の個室があって、会社から近かったというのが決め手だったという。だが、会社の補助も出るしせめて食べたいものを食べたいという亜子の気持ちが汲《く》み取れた。

円卓が三つ、それぞれに蒸籠《せいろ》や料理が載っていき、くるくると回しながら各自でサーブができる。

「部内異動の歓送迎会って必要なの」

亜子が気分転換に色を変えたという桜色の爪を見つめながらぼやく。

もう何度か同じ言葉を聞いた。菜々美はちらりと一番遠い円卓にいる萌咲を見やった。もちろん隣には隆康がいる。

世話を焼こうとしているが、拒否されているのが視界にちらついていた。

「課は違うから」

あやふやに濁《にご》して菜々美は紹興酒を飲んだ。今日はいつもより飲むペースが速くなる。

隆康と萌咲が並んで座っていることが気になっていた。

噂を助長するような席順は決められたものではもちろんなく、萌咲が席をその行動力で勝ち取ったのだ。

隆康が参加すると聞いてお洒落《しゃれ》をしてきた部内の女性からも、非難めいた視線を向けられていたが、気にする様子はない。

亜子はイライラしている。

「円卓のいいところはさ、食べたいものを自分で回してこちらに寄せられることでしょうが。何あれ、さっきから。部長、可哀想」

「ご飯の味は、楽しめないかもね」

これまた曖昧に返事をした。

萌咲は新しい料理が来るたびに、隆康の取り皿に取り分けようとする。全員分するならまだしも、彼の分だけそうしようとするのだから質が悪い。

もやもやはするが、隆康に対する同情の気持ちの方が強かった。

いっそ自分が彼女だと大声で言えればとは思ったが無理だと震える。こんな弱気じゃ助け船を出せそうにない。

菜々美が暗い顔をしていれば、隆康が気にする。気を取り直して食事に集中することにした。

小籠包《しょうろんぽう》をれんげの上に乗せて箸で割って、じゅっと出てきたスープにタレを入れて啜《すす》る。臭みのない旨みが詰《つ》まった熱いスープがじんわりと身体を内側から温めて、幸福感に包まれた。

「スープ、すごくおいしい」

次に小籠包《しょうろんぽう》自体を味わう。薄いのにもちもちな皮と、たっぷりの餡が、次も食べたいという欲求を強くさせた。

じっくりと味わった後に紹興酒を飲めば、これまたおいしい。

自分の単純さが少し嫌になるほどに、幸せな気分になれる。

そんな菜々美の様子を見ていた亜子が、大きな溜息を吐いた。

「そんなに美味《おい》しそうに食べてもらえて、店選びと値段交渉した甲斐があるってもんよ」

あまりにも美味《おい》しそうに食べる姿に、亜子も拍子抜けしたようで、萌咲を見るのをやめる。小籠《しょうろん》包《ぽう》を食べてやっと顔を綻《ほころ》ばせた。

「おいしい。菜々美の彼氏もさ、ご飯に連れて行くの、楽しいでしょうよ」

思わぬ展開で彼氏の話題を出されたものだから、箸で抓《つま》んでいたエビチリの海老をテーブルの上に落としそうになる。

「彼氏の話、まったくと言っていいほど聞かせてくれないよね」

「会社で話す話題じゃないもの。他になんの料理が来るんだっけ」

このまま話題が変わることを望んだが、それを周りが許さなかった。

大きな円卓にもかかわらず、向かいに座っていた、隣の課の男が身を乗り出す。

「え、近内さんって彼氏ができたんスか」

「そんな素振りとか一切ないから、驚くよね〜」

亜子が菜々美に向かって意味ありげな笑みを向けてきた。

隆康にこの円卓の話が聞こえているのか、いないのか。

もともと、自分のプライベートに踏み込まれるのは苦手なのに、皆の興味が自分に向いている。

緊張に呼吸が自然と速く浅くなる。

「近内さんの彼氏、社外の人ですよね。仕事一筋って感じで、まったくわからなかった」

「仕事が恋人かもしれませんよ」

仕事一筋、そんな風に思われていたのかと改めて認識する。

褒め褒めアプリを聞くのが一日の一番の目的だったから、仕事を早く終わらせるために集中していただけとも言えない。

「近内さんの仕事をする姿、かっこいいっスよ」

「いやいや。毎日、焦りっぱなしです」

このままどう違う話題にしようかと考えていたとき、向こうの円卓から萌咲が甘ったるい声を上げた。

「近内さん、結婚退職ですかぁ」

一緒に喋っていた男が嫌そうな顔を萌咲に向けた。

実際、異動先で萌咲は良く思われていないらしい。仕事への姿勢は変わらなかったのだ。

「なんで付き合ったら、結婚になるんだろ」

横で亜子が小声で悪態を吐く。

まったく同意見なのだが、名指しされたのだから無視をするわけにはいかない。

身体を斜めにして萌咲の方を向けば、隆康も視界に入る。

萌咲は笑顔だが、目に狡《ずる》い光を宿して笑っていなかった。ここまで敵意を向けられれば気は重い。

だが、隣に座っている隆康から向けられた視線に、その気持ちはすっと落ち着いた。

表情こそ仕事用だったが、包み込むような優しい目は、菜々美しか見ていない。

「私は共働き希望なので、結婚で退職をするつもりはないんです」

隆康が小さく頷いたので、結婚した後も働いていいと言われている錯覚に陥《おちい》る。

結婚の話なんて出ていないのに、自分の妄想が恥ずかしくて、菜々美は紹興酒をまた飲んだ。

「考え方は、人それぞれですよね」

そこで引き下がってくれれば良かったのだが、萌咲はなお続けたがった。

「主婦って尊い仕事だと思うんですよ。子育ても。それ専業でもいいいじゃないですか」

菜々美は亜子と顔を見合わせる。

確かにその通りで、環境や状況もあるだろうから、夫婦で話し合ってベストな選択をすればいいだけだ。

「部長は奥さんには家にいて欲しいですよね」

甘く可愛い声で上目遣いをする萌咲を見て、嫉妬という感情が湧きあがり菜々美の頬は引き攣《つ》った。

そんな菜々美に隆康は視線を向ける。

皆がわからない、二人だけの合図を送るような表情にどきりとした。

「奥さんが望むようにするよ。大事にしたいからね」

熱の籠《こも》った視線はほんの一瞬だったが、永遠にも感じられた。

満たされた感覚に包まれて、菜々美の心は一気に晴れ上がる。

隆康のことが、もう戻れないくらいに好きだ。

「ですよね。やっぱり、専業主婦ですよね」

懲《こ》りずに萌咲がニコニコと隆康に微笑みかけた。

菜々美は我に返り隆康から視線を外して、紹興酒をまた飲んだ後に箸を手に取る。

今夜は、歓送迎会という仕事の延長だということを忘れていた。

「あの子、話が聞こえていないんじゃないの」

「自分の持っていきたい方向に話を進めているだけ」

仕事でもそういう言い回しを好んだから、クセなのだろう。

何かを食べて気を取り直そうとしたところで、蒸籠《せいろ》に入ったエビ餃子が運ばれてきた。

「熱っ」

気もそぞろだったせいか、一口で食べてしまい口の中が熱さで大変なことになる。

紹興酒を慌てて流し込んだが、お酒のせいで変な熱さが加わった。

「ああ、もう。大丈夫？」

「ごめん。水を……」

水を飲んだ途端、視界がぐらりと歪んで、久しぶりにお酒に酔っているのを自覚した。

菜々美はこめかみを押さえて、頭の中でぐわんぐわんと鳴る音を収めようとする。

個室には熱気が籠《こも》っていて、少し新鮮な空気を吸いたいと思った。

バッグからハンカチを出して立ち上がると、亜子に小さく声を掛ける。

「ちょっと、お手洗いに……」

「イチャイチャなら、他でやったらいいんじゃないですか」

剣呑な声に菜々美は動きを止めた。

ついに我慢できなくなったのか、隆康と同じ円卓の男が冗談交じりに、だがはっきりと言う。

萌咲が懲《こ》りずに隆康に話し掛け続けていたせいだろう。場がしんと静まり、空気が凍り付いた。

「すみませーん」

萌咲が大仰に肩を竦《すく》めたせいで、男はますます苛立った様子を見せる。

菜々美は立ったまま、悪くなった場の雰囲気に個室を出るタイミングを見失った。

男は立って固まったままの菜々美を見つけて、萌咲に対する態度とはまったく違う、心配げな声を掛けてくる。

「近内さん、具合が悪そうですよ」

「あ、大丈夫です。そうだ。海老餃子、熱いうちに食べた方がいいですよ。でも私、熱すぎて口の中を火傷《やけど》したので慎重に……」

萌咲以外の話題をと思って咄嗟《とっさ》に口から出たのは海老餃子のことだった。菜々美の火傷《やけど》の話で場が緩む。

今がチャンスだと菜々美は席から離れた。足を踏み出すたびに世界が揺れて、久しぶりの悪酔いに顔を歪ませる。

あと数歩でドアだというところでヒールの着地を誤って身体がよろけた。

「……まさか酔ったのか」

覚えのある体温と匂いにほっとする。隆康に受け止められたと気づいたのは、数秒後だった。

背広を脱いでいるせいで、ワイシャツ越しでも体温と逞《たくま》しさがわかる。肌はもっと熱くて、とても硬いのだ。すっぽりと包み込まれれば、我を忘れてしまう。

なぜそばにいるのかという動揺、安堵と混乱。感情がぐるぐると回って、酔いがますます加速した気がした。

すっと隆康が離れてくれたので、菜々美は我を取り戻す。

「いえいえ、まさか、そんな。いつもよりちょっと気持ちがいいくらいです」

「部長。近内さんはしっかりしてる人だから大丈夫でしょ。食事の続きをしましょうよ」

萌咲が甘ったるい声を隆康に掛けてきたが、それは菜々美への攻撃だった。

棘《とげ》のある口調と突き刺すような視線は、緩んでいた心に刺さる。

「しっかりを装っている奴ほど、大丈夫じゃないからな」

ぼそり、と横の隆康が呟いたので、菜々美は彼を軽く睨《にら》みつける。

「会社ですよ」

「俺と二人のときにこういう酔い方をすればいいだろう」

「会社だって、言ってるでしょう」

ぼそぼそと小声で話していると、砂野が会話を遮ってきた。

「鬼原さんにかかれば、さすがの近内さんも女になっちゃう？」

砂野の不用意な発言に、菜々美より先に隆康が怒りを纏《まと》ったことがわかった。

そっと袖に触れることで大丈夫だと伝えたが、菜々美自身が苛立ちを抑えられない。

砂野は酔っているのか、品のない笑みを浮かべていた。酔いのせいで抑えがきかないのか、菜々美の中で溜まっていたものがせり上がってくる。

砂野は萌咲が異動してから、晴れ晴れとした表情をしていることが多かった。それが仕事に直結するかと思いきや、篠田に意見を求めて回答を得ればそれを採用したり責任を転嫁するやり方が露骨に小狡《こずる》くて、ますます悪くなったと感じた。

「もともと女ですけれど」

本当ならここで、大人として終わらせるべきなのだ。わかってはいるのだが、続けてしまう。

「鬼原さんは砂野さんと違って信頼できるので」

菜々美はハンカチを握った手で、どくどくと血が流れるこめかみを押さえた。

「いやいや、信頼云々じゃなくて、近内さんは鬼原さんに興味なかったでしょうって話」

砂野はひらひらと掌《てのひら》を振った。確かになかったが、誰にも興味を持っていなかったとも言える。

こういう場面で笑ってやり過ごしていたのは、入社して一年くらいまでだったと思う。

取引先に訪問するうちに、そういう態度では永遠に相手の要求を呑むことになると気づいた。人と対峙するのは苦手なのに、あるレベルを超えると腹を括《くく》れるようになる。

そういうことが重なって、どんどん自分の内に籠《こも》るようになり、アプリに救いを求めた。そんな心を温かく溶かしてくれたのは隆康だ。

菜々美は砂野を冷たい目で見た。

「舛井さんと違って鬼原さんに興味がない、という意味ですか。それとも、舛井さんになら砂野さんも女として興味が持てるということですか？」

「……」

言われたことを逆手に取って攻撃をすると、砂野は顔色をなくして急に黙った。ややあって、萌咲にも痛烈にやり返したことに気づく。

砂野が萌咲を特別扱いすることが、腹の中でまったく納得いっていなかったことが出てしまった。

萌咲が鬼のような顔で菜々美を睨《にら》んでくるが、これは仕方がないと割り切る。

皆が息を殺して成り行きを見守っている中、黙って聞いていた隆康が、座っている面々を見渡した。

「いい機会だから、皆に言っておくが。——俺は舛井さんとは何もない」

周りがハッとして隆康に注目する。

「『噂』については俺の耳にも入っている。事実無根だということは、俺だけでなく舛井さんもよくわかっているはずだ。これ以上、助長するようなことがあれば、悪意とみなして対応する」

穏やかだが冷静すぎる口調に、その場にいた全員が気を引き締めたのがわかる。

萌咲は目を剥《む》いたまま、口を一文字に引き結んでいた。砂野の顔色は真っ青を通り越して、真っ白になっている。

「まぁ、誰もその噂を本気では信じていないんじゃないですか。ほら、食べましょう」

穏やかな笑みを浮かべた篠田が気まずい雰囲気を和《やわ》らげた。

誰もがその噂を一度は口にしたことがあるはずだから、箸が止まってしまっていたのだ。

隆康は苦笑して、菜々美の肩を叩く。

「酒を飲み過ぎて勘が冴えるのは、まぁまぁ危険だ」

「ただ嫌味を返しただけです……」

冷静さを欠いただけだ。現に今は猛烈に、穴があったら入りたい気分になっている。

「お二人さん、そこが付き合っているように見えますよ」

篠田にやんわりと注意をされて、菜々美は顔だけでなく首まで真っ赤にした。

酔っても顔色が変わらないだけに焦るのだが、そのせいで火照《ほて》りが引かない。

「それは噂じゃないから問題ないですよ。なぁ、菜々美」

「……」

隆康が決定的なことを言った気がする。

酔いのせいでの聞き間違いかと思ったが、場が唖然としているのを見れば本当のようだ。

二人が付き合っているのかとざわつき始めると、限界だった。

「私、ちょっと酔ったので……！」

菜々美が逃げるように個室を出ると、後ろから部屋の喧騒《けんそう》が追いかけてくる。

逃げたことで、付き合っているのは本当のことなのだと皆に知られたのだ。

「私のバカ……！」

菜々美はトイレの個室で蹲《うずくま》って、壁に軽く何度も頭を打ち付けた。

「あのとき、舛井さんになんて言ったんですか」

飲み会が終わり、店の前でたむろしている中で隆康は篠田に話しかけられる。

食事も中盤に差し掛かり、菜々美が紹興酒をやけに飲んでいて、心配になったときのことだろう。

立ち上がって菜々美のそばに寄ろうとしたとき、萌咲に腕にそっと触れられた。生理的な虫唾《むしず》が、寒気とともに走ったのだ。

「二度と触るな、と。利用されるのは嫌いですから」

「ははは」

実際はもう少し辛辣《しんらつ》だった。

『その汚い手で触るな。不愉快だ』

萌咲はまさか隆康がそんなきついことを言ってくるとは思わなかったのだろう。

隆康との関係という既成事実を作ることが、砂野と萌咲が起こした騒動の、彼女なりの落としどころだったのかもしれない。

「今まで、よく我慢していましたね」

「仕事のうちかなと」

隆康はうんざりとした顔でネクタイを緩める。

砂野と萌咲は、社内で不倫をしていた。

疑っていた妻が会社にやってきて、受付で騒動を起こしかけたことで発覚したのだ。

たまたま来客の見送りで篠田が受付にいたのが良かった。エントランスで大騒ぎを起こされた日には、目も当てられない。

機転を利《き》かせて会議室へと案内し、その対応をしたのが上司である隆康だった。

妻の話を聞いたところ、相手を特定できてはいないため確かめに来たという。二時間ほど話をじっくりと聞くと落ち着いてきたので、引き取ってもらった。

その後すぐに砂野に話を聞けば認めたのだから、溜め息しか出ない。

妻が会社に乗り込んできた時点で業務の生産性の低下に繋がるし、会社が不利益を被《こうむ》る場合だってある。部の人間に知られる前に内々に処理できたことが、唯一の良かったところだろうか。

この場合、上司である砂野を異動させるべきで、不倫騒動がなくてもそのつもりだったのが幸いだった。

この件で、次ポストの話になかなか首を縦に振ってくれなかった篠田が承諾をしてくれた。

だがすぐには調整がつかず、アプリケーション開発の課を強く希望していた萌咲を先に異動させることにしたのだ。

萌咲には砂野の妻が会社に来た件を話したのだが、いまいちピンと来ていない様子だった。

むしろ秘密を共有したとばかりに、隆康に妙に馴れ馴れしく近づいてくるようになる。

そして、あの噂だ。

萌咲を異動させることができたのは、課自体の規模が大きくなったため、部として独立させる案が水面下で進められていたから。

庶務を主に担当する人員を急きょ欲していたからなのだが、萌咲は予想以上に仕事ができなかった。

『異動してすぐに仕事ができるとは思っていません。けれど、やろうとしない人間に教える時間はありません』

それはそうだと隆康は責任者の話を傾聴するしかなかった。

篠田は苦笑を浮かべながら、菜々美を親指で指す。

「近内さんが死にそうな顔をしていますけど、大丈夫ですか」

萌咲とは対照的に、人の輪の中心にいる菜々美を見やる。

死にそうな顔を必死に仕事用の笑顔の下に隠しているのがわかった。

酔いが醒めたらしく、色を失いかけていた頬は、仄《ほの》かに赤く染まっている。

大きな黒色の目は、人からの好奇の質問にしどろもどろになっているせいか、軽く潤んでいた。

トイレに引きこもった菜々美を連れ出してきたのは亜子だ。その後から質問攻めにしていたのも彼女で、その手はまだ緩んでいない。

だが亜子は、自分たちが付き合っているのにどこかで気づいていたと思っている。あくまで勘だが。

「フォローしますよ」

「良かったですね。近内さんに話し掛けるタイミングを窺《うかが》い続けて、やっと実って」

篠田はにこにこと笑みながら、菜々美を見ている。

その目には親が子を見るような温かさはあるが、血縁でもない上に、彼は男だ。嫉妬の芽がまた育つ。

「そんなにわかりやすかったですか」

「わかりにくかったですよ」

篠田に呆れた顔を向けられる。

「僕は仕事上、近内さんと一緒にいることが多かったし、彼女も僕を頼ってくれていたから、嫌でも気づきますよ」

あの背中に刺さる殺気を、と肩を竦《すく》めたので、隆康は苦笑を浮かべた。

菜々美を目で追っていたから、一緒にいた篠田の働きぶりがよくわかったというのもある。目立たないようにしているが、確実に仕事をこなしていた。

春の人事で篠田が課長になる。彼に承諾させることは大変だった。

砂野は数字に対する貪欲さが決定的に欠けていて、本人にやる気がないと判断せざるをえず、不倫騒動のこともあり、子会社への異動で話が進んでいる。

「鬼原さんは社長になるつもりなんですか」

急に篠田に聞かれて、隆康は深々と溜息を吐いた。

取締役候補、社長候補、そう勝手に決めつけられて媚びを売ってくる人間も多い。敵意を向けてくる人間もほぼ同数だ。

「流れに身を任せますよ」

社長になりたいのか、と聞かれれば否《いな》だ。

けれど、大きな会社をバックに、やってみたいことならある。社会貢献もそのひとつだ。

「まずは彼女に結婚を承諾させるという、大仕事から取り掛からないといけないもので」

篠田は気の毒そうに菜々美を見やる。

アメリカに渡ったときに、一度日本に全てを置いていった。日本に戻ってきたときは、一から立ち上げた会社という、もっと大きなものを置いてきた。

新しい道はいくらでも拓《ひら》くことができて、自分さえあれば生きていけるのを知っている。

——それでも。

「彼女の代わりは、いないんです。世界中のどこを探しても」

菜々美を失う、そう考えるだけで胸に闇の深い空虚が現れ、苛《さいな》まれた。この感覚に言葉を充てることができないくらい、根源的なところに繋がっている。

「ならもっと早く声を掛ければ良かったのに」

「ハラスメント規定で特に上司からは声を掛けにくいご時世なんですよ。それに、タイミングは合うと信じていたので」

菜々美が助けを求めるようにこちらをちらちらと窺《うかが》っている。

質問攻めに疲れたのと、自分たちの関係を勝手にバラした抗議と、両方の意味がありそうだ。

そもそも、菜々美は飲み会の後の談話も苦手のはずだった。家が遠い組と一緒にいち早く駅へ向かっているようで、いつもいつの間にかいなくなっている。

そう、とにかく彼女は取り付く島がないほどに隙がなかった。

「姫を助けに行ってきます」

「がんばってください」

篠田を置いて、隆康は菜々美の方へと一歩足を踏み出した。

隆康が歩き出しただけで人が脇に避けて道ができる。皆がこちらをちらちらと見ているが、気にせずに菜々美に近づいた。

菜々美はこれ以上ないほどに硬直している。解散の号令を出してほしかっただけで、来てとは言っていないと言わんばかりだ。

一度、壁を崩してしまえば、ここまでわかりやすい人はいないだろうというくらいに、わかりやすい。感じやすすぎるから、心に鎧を付けたのだろう。

もともと感情表現の豊かな、魅力的な女性なのだ。きっと邪《よこしま》な想いを抱く人間もいるはずで、周りに釘を刺しておきたかった。

「帰ろうか」

菜々美に隆康が手を差し伸べる。ぽかんとしている彼女が、手を取るまで引くつもりはない。

緊張が伝わってきて、手を取って連れ出したい気持ちが大きくなる。そうする前に大きく息を吐《は》いた菜々美が、自分の手の上に手を重ねてくれた。

彼女の冷たくて微かに震えている手を強めに握って引き寄せる。

隣に俯《うつむ》いて立っている彼女を、抱き潰したいという思いが、罪悪感と一緒に身体を駆け巡った。

固まっていた周りの空気がほっと緩んだのをきっかけに、亜子が呆れた表情を浮かべる。

「鬼原さんって、すごい嫉妬深そうですね」

「心は広いよ。コンパに誘われた彼女を送り出すくらいに」

菜々美をコンパに連れ出したことに触れると、亜子が非難めいた眼差しを向けてきた。

「菜々美が付き合っている相手が、鬼原さんなんて知りませんでしたし」

二人が付き合っていることについて、菜々美の口から聞けなかったことには不満を持っていそうだ。

「コンパは付き合う前に約束してたから行ったの。それに、上司と付き合っているなんて言えるわけがないじゃない。恋愛と仕事はまったくの別物でしょう」

菜々美は真剣に亜子に伝えているが、仕事より恋愛が大事な萌咲に対して、遠回しに嫌味を言っていることに気づいていない。

亜子がじれったそうに唇を突き出したので、隆康は助け舟を出す。

「菜々美は俺と仕事なら、仕事を選ぶのか」

「だって、仕事の方が大事じゃないですか」

真面目な顔で答えた菜々美にどっと笑いが起こって、皆の好奇心が満たされたのがわかる。

菜々美は彼氏が上司だからと言って今までと何も変わらない、それを印象付けた。

きっとこれから菜々美も周りも、仕事がしにくくなることはないだろう。自然にそういう流れにできるほどに、人柄がいいのだ。

「さぁ、解散だ」

隆康は菜々美の手を優しく握り直した。

仕事に真面目な菜々美を知っていても、自分の口で、手で、快楽に溺れる彼女だけは、誰も知らない。

その満足感が隆康の胸にじわりと広がり、もっと彼女を解き放ちたいという熱を込めて菜々美を見つめた。

「気分は良くなったか」

先程から前から歩いてくる人が、隣に歩いている隆康に一度は目を留めている。自信に満ちた雰囲気だけでも注目を浴びるのに十分なのに、黒革のビジネスバッグと、もうひとつ、菜々美の茶色のバッグも手に持っているのだから、嫌でも視線を集めていた。

「……いいような、悪いような」

酔いはだいぶ醒めている。それよりも、買ってもらった麦茶だけを持って、それを飲みながら隣を歩く自分が、どんな風に見られているか。——考えてもしょうがない、と菜々美は天を仰ぐ。

一年に一度あるかないかの酔い方をしてしまった理由は、認めたくない。

「隆康さんが、黙って舛井さんに言い寄られていたせいで悪酔いしたんです」

ぶすりと言って、まだお酒が抜けていないのを実感する。

「今日は素直だな。紹興酒を飲ませればいいということがわかった」

「……お酒をやめようと考えていたところです」

菜々美は困ったように言ってから、隆康の腕をそっと持つ。

「やっぱり、社内恋愛はよくないですね。同じフロアだと尚更」

「何が良くないんだ」

聞かれて、返答に詰《つ》まった。

今日は、気にしていないつもりでも、萌咲が隆康に話し掛ける度《たび》に注意がそちらに向いていた。

近いうちに、女子社員が彼に話し掛けるところを見ただけで心がかき乱されるかもしれない。仕事に私情を挟むのは自分の弱さだとわかっていても、心は勝手に痛んだり悲しんだりする。

隆康のことをどんどん好きになるのはわかっていた。けれど、予想以上のスピードで、自分自身が戸惑っている。

ずっと自分の返事を待っている隆康の視線に耐えかねて、まだうっすら残っている酔いを理由に本音をこぼした。

「えっと、ヤキモチを焼いて、仕事が手につかなくなりそうだな、なんて」

隆康が黙ってしまったが、口に出した言葉は戻らない。どんな返答でも受け入れようと覚悟を決めたとき、隆康が言った。

「なら、結婚してくれないか」

菜々美はゆっくりと瞬《まばた》きをした後、彼を見上げる。

「結婚?」

「俺は奥さんしか愛さないから」

「あ、あい、愛」

愛という言葉を出されて、菜々美は首まで真っ赤になった。

付き合うと決めてまだ三ヶ月も経っていない。隆康がこの付き合いをとても真剣に考えてくれているのは十分すぎるくらいわかっているが、早すぎないか。

菜々美の態度は望んでいたものではなかったらしい。隆康は口元に悪戯《いたずら》っぽい笑みを浮かべる。

「俺はアプリに負けるのか」

「アプリ、最近は開いてもいないんですよ」

ふむ、と隆康が頷いた。

「俺の声がいいからかな」

「それはその通りです。隆康さんの声はとても安心するから」

相変わらずの自信に圧倒されるが、その通りなので認めれば、隆康は静かに尋ねてくる。

「……なら、結婚してもいいじゃないか。まさか、冗談だと思っているのか」

「冗談とは思っていません。ただ、私たちは付き合って間もなくて……」

付き合ってたった数ヶ月といえど、横で歩調を合わせてくれるこの男性は、素晴らしい人だと知った。

もちろん、隆康を偶像《アイドル》だと思っていたときから、その仕事の仕方や成果について耳に入ってきたものだ。

彼は正真正銘の人気者で、誰もが彼と仲良くしたいと望むが、それを淡々とあしらっているのも気づいていた。

素顔の彼は冷静どころかとても情熱的で、執拗だ。

「隆康さんは、もうちょっと相手を選べるのではないかと……」

ごくごく普通の人である自分に、こんなにいいことが起こってもいいのかと。それは失うこととワンセットで、恐れが伴う。

「菜々美だって選べる。菜々美には、俺を選んで欲しいと思っている」

隆康はじれったそうに続けた。

「俺はいくらでも菜々美のいいところを言い続けることができる。根負けするくらいに、毎日毎日、伝えられる。……アプリと違って」

とても真摯に言葉を紡いでくれる隆康の誠実さとユーモアに、菜々美は笑った。

ふっと萌咲の顔が頭をよぎる。選ばれることで自分を満たそうとする萌咲と、選ばないことで自分を慰《なぐさ》める自分と、そんなに変わらないのかもしれない。

菜々美は胸いっぱいに息を吸った。

「隆康さん」

優しい眼差しで先を促《うなが》すように頷いてくれる隆康にはにかむ。

「結婚、します。……してくれますか」

「喜んで」

ほっとはしたが、緊張で心臓がバクバクとうるさく鼓膜にまで響いているし、指先が微かに震えていた。

だから隆康が歩みを止めたことに気づくのに少しだけ遅れたのだ。

立ち止まって振り返ると、両手で頬を挟みこまれる。

手を繋ぐならわかるが、大胆すぎる行動に喘《あえ》いだ。手に力が入ったせいで持っていたペットボトルが凹んでべこりと音を立てる。

「待って……、外……」

顔が近づいてきて焦りながらも、なんて綺麗な目なのだろうと思った。この人と結婚するんだと考えるだけで胸がいっぱいになる。

隆康が顔を傾《かたむ》けて、唇が軽く重なり、すぐに離れた。

羽が触れるようなキスは終わっても、頬に当てられた手は離れなかった。

通行人の冷やかしの視線が痛すぎて、周りを見渡すことができない。そんな中で、じっと目を覗き込まれる。

「抱きたい」

「なっ……！」

手に持っていたペットボトルを落としそうになる。

愕然《がくぜん》としてしまうのに、身体の芯に痺《しび》れるような熱が灯った。期待が膨らんで、息を大きく吸い込むと目が潤む。

しぶしぶと言ったふうに頬から手が離れた。熱さを自分の手で冷やそうとするがすぐには無理そうだ。

「行こうか」

鋼の心臓を持っている涼しい顔をした隆康が、手を握ってきた。軽く引っ張られて再び歩き始めながら、婚約者となった彼を見上げる。

まだ信じられないけれど、プロポーズを受け入れたのだ。

じんわり、とした喜びが身体中を巡っていた。周囲の目をすっかり忘れてしまいそうになるくらいに嬉しい。

振り返れば、あの残業の日からずっと隆康のペースだった。

あの日に、もしアプリを聞かれていなかったら、彼は遠いアイドル的存在のままだっただろう。

考えれば考えるほど、偶然が重なった奇跡だ。

「アプリに感謝ですね」

感慨を込めて呟く。災い転じて……といい結果になったから良かっただけかもしれないけれど、あれは確実にきっかけだ。

「確かに、そうだな」

笑っている隆康は、最初からおおらかに全てを受け入れてくれていた。

少し前まではアプリに頑張っている自分を褒めてもらうことと、おいしいお酒で日々は満たされていたのに。

社内の注目を浴びる隆康のプロポーズを受け入れるなんて、人生はわからない。

泊まらないかと誘われたが、それは隆康の家だと思っていた。

ロビーが高層階にある、外資系の高級ホテルに連れて行かれたときは、間抜けな顔をしていたと思う。

さっき結婚の約束をしたのだ。食事も終わっているのだから、部屋に入ればすることはひとつしかない。菜々美の頬が自然と赤く染まっていく。

何度も身体を重ねているわけではないが、隆康はいつも熱く求めてきた。今夜はもっと激しいかもしれないと、らしくない想像をしてしまい、菜々美の心臓がバクバクと激しく打つ。

だが、隆康は部屋に入るなり、ダブルベッドの毛布を捲《まく》って言った。

「早く寝た方がいい」

「……」

初めてのとき以上に緊張したせいで黙ってしまったのを、まだお酒が残っていて具合が悪いと考えたらしい。

「もう、お酒は抜けましたけど……」

「あんなに酔ったのは初めて見た。すぐに良くなるものでもないだろう」

肝臓がフル稼働してくれたのかもうすっかり回復している。

「そうですね……。では寝ます……」

菜々美はハッとした。隆康の心配してくれる低音ボイスが耳にも心にも心地よすぎて、逆らう気がなくなっている。

このままでは結婚後もこの声で何かを言われたら従い続けてしまいそうで、おそるおそる主張をした。

「シャワーは、浴びたいです」

「……湯船には浸《つ》かるなよ」

じっと顔を見つめられた後、渋々、と言った様子で隆康は了承してくれる。

入ったバスルームも素晴らしく綺麗で、ピカピカに磨かれている広いバスタブに湯を張れないということに悔しさを感じながら、思った。

やっぱり隆康は優しい。

世の中には、相手の少しくらいの不調なら気にせずに身体を求めてくる男性もいるだろう。

結婚の約束をした特別な夜に、菜々美の身体を第一に考えて寝るように言ってくれた。そんな気遣いをしてくれる男性がどれくらいいるのか。

大事にされている事実を面映《おもは》ゆく感じながら自分の腕を抱き、ポツリと呟く。

「好きすぎるってちょっとしんどいかも」

結婚すると決めたのに、隆康が女の人といるのを見るだけで胸が痛みそうだ。

いっそ部署異動願いを出して隆康とあまり顔を合わさないようにしたいが、また担当が変わるとなると取引先の印象も悪いだろう。

余計なことを考えるヒマなど作らないように、ますます仕事に邁進《まいしん》しないといけない。

シャワーを終えてホテルのガウンに着替えバスルームを出ると、ベッドに腰掛けていた隆康が立ちあがった。

菜々美は思わず立ち止まる。少し照明を落とした部屋で見る隆康は、息を呑むほどかっこいい。

こんな人が思いやりまで持っていて、自分の夫になるのだ。

隆康が側に来ると菜々美の全身が微かに震える。彼を知ったら、もう誰とも深い関係になれない。

言葉も発しない菜々美の目にいろいろな揺らぎを見てとったのか、隆康が優しく微笑む。

「今日の飲み会は心労を掛けたからな……。俺もシャワーを浴びたら寝るよ」

その気遣いが詰《つ》まった低い声の中に微かな寂しさを感じ取って、菜々美は顔を上げた。

「隆康……」

「先に寝ていてくれたらいいよ」

菜々美は手を握りしめて、帰り道に言われた言葉を心の中で反芻する。

『抱きたい』

思い出すだけで下腹部が震えるほどなのに、ほんの一瞬だけ、抱きたくないのかもと疑いがよぎった。

すると、隆康の大きな手が頭の上で被さる。

「考えすぎるのも疲れてる証拠だ」

頭をポンポンを安心させるように軽く叩かれて、なんでもお見通しらしいと菜々美は微苦笑した。

せめて一緒に寝たいと、シャワーを浴びるためにバスルームに入った隆康が出るまで待っていようと思ったが、寝ていたらしい。

目が覚めたとき、乾燥した空気と遮光カーテンに閉ざされた真っ暗な空間に、一人なのかと急に不安を覚えて手を伸ばす。

隆康の体温に触れてホッとしたが、規則性のある寝息に深く寝入っているのがわかった。

いつもは抱き締められて寝ているだけに、寂しさが込み上げてくる。

何度目かの寝返りを打ってから、隆康を起こさないように菜々美は起き上がった。

バスルームに入りバスタブに湯を張りつつ、縁《へり》に額をくっつけて唸《うな》る。

隆康と一緒のベッドに寝て、彼の体温を感じながら触れずに眠るなんて無理だ。あの安心感を知らない頃に戻るなんてできないのだから。

「お酒なんて、二度と飲まない……」

「俺がいるところで飲めばいいだろう」

寝起きの気の抜けた低い声に振り向くと、隆康が立っていた。

「……ガウンが、小さかったんですね」

少し乱れた髪に腰にバスタオルを巻いただけの姿は、薄く割れた腹筋や、筋肉の筋が走る膝下の長さを強調させ、控え目にいっても完璧だ。

隆康は背後から菜々美を両脚で挟み込むように膝を立て座ると抱き締めてきた。当然のように引き寄せられた上に、耳元に息が掛かる。

「具合は？」

肌を撫でるようなざらついた声で問われて、菜々美は言葉に詰《つ》まった。

「具合は……」

「さっきより、顔色もいい」

隆康の手が菜々美のガウンの紐を解《ほど》いて肩から滑らせて落とし、露《あら》わになった肩に口づけてくる。

「お預けを食《く》らってる身としては、このまま押し倒したいところなんだが」

「あっ……」

我慢をしたのはこちらの方だと言いたい。耳朶を食《は》まれゾクゾクとした感覚を言葉にできず、菜々美は身を縮こめた。

「もっと声を出させたくなる」

淫靡《いんび》な声色と一緒に胸のふくらみをそっと手で包み込まれる。触れ合っている箇所が燃えるように熱い。

硬く尖った頂を擦《こす》られて、菜々美は堪《こら》えきれず隆康に背中をもたせ掛けた。

「もう大丈夫って、さっきも言いました」

かすれた声で言うと、弾力のある胸を捏《こ》ねる隆康の手にやや力が籠《こも》る。

「言ったな。けど、俺の体力に耐えられるほどではないと思った」

言葉の意味を考えれば、激しく抱きたいとしか受け取ることができない。菜々美は乾いた唇を舐めて湿らせた。

心配はしてくれていたけれど、少し方向が違っている。それを知って、胸にあった寂しさが消えてなくなった。

「……私、隆康さんはすごく思いやりのある優しい人だって感動してたんです、けど」

「俺はいつだって優しいだろう。好きな女に優しくしないで誰にするんだ」

隆康の手が菜々美の両脚の間にすべりこみ、菜々美は小さな声を上げる。

下腹部にどうしようもない疼《うず》きが溜まって、それを暴かれたい衝動を堪《こら》えた。

「まだ具合が、悪い？」

隆康の誘うような囁《ささや》き声が肌の上を這《は》い、興奮が身体中を駆け巡る。答え方を間違えればこの抱擁は解かれるのではないかと考えて黙ってしまった。

隆康の舌が耳殻をなぞり、唾液で濡れて敏感になった耳元で甘い声を響かせる。

「良くなるように、全部にキスをしていこうか」

「は……んっ」

声に煽られた劣情が、全て脚の間に流れ込む。そこにあった手が離れ、身体を反転させられた。

背中にバスタブが当たって、菜々美を嬲《なぶ》るような隆康の眼差しとぶつかる。

「我慢をさせていたなら、悪かったな」

明るいバスルームで膝を掴まれて、そのまま大きく開かされた。ガウンを敷いたような形で、そのまま床に押し付けられる。

あられもない姿に菜々美は顔を覆った。

「暗く……暗くして……っ」

「菜々美の顔が見えなくなる」

「だから……見ないで欲しいというか……」

毅然《きぜん》と反論されて、菜々美の方は焦った。けれど隆康は欲情をギリギリで抑えつけたような、追い詰《つ》められ翳《かげ》った光を目に湛えている。

「ここは、具合が悪そうだ」

隆康は菜々美の脚を抱えてあわいに顔を埋《うず》めると、太腿の内側を軽く噛んだ後、強く吸い上げる。

「あ、んぅ……っ」

「ボディソープの香りがしてくる。丁寧に洗ったんだな」

「そんなこと、ないです……んっ」

どこも痛くないし悪くないと言えば、きっとそれを受け入れて、やめてくれるだろう。けれど、菜々美はそんなことを言うつもりはなかった。

このとき、この瞬間は、自分だけの隆康なのだ。

「そこは……あ、……ふっ……あ」

両方の内腿の柔らかい部分を甘噛みされては優しく舐められ、吸い上げられる。

焦《じ》らされているせいで敏感な場所に疼《うず》きが渦巻いた。無意識に腿を擦《こす》り合わせたくなって、何度も閉じそうになったが、脚をしっかり抱えられてしまい無理だ。

身体の隅々まで洗ったのは、もちろん肌を触れ合わせることがわかっていたからだが、そこを隆康に間近で見られるのは想定外だった。

徐々に隆康の顔が、脚の付け根に近づいていく。

「その、あの、それ以上は……、問題ないというか……」

「本当に問題ないか、ちゃんと見て確かめないとな」

「え、なんで、そうなるの」

疑問で混乱している間に、花弁に息を吹きかけられる。

「ひぁっ」

赤い媚肉を押し広げられ、その滑らかな溝を舌が辿《たど》った。

それは一度で終わらず、何度も舌先で擦《こす》ったり、ねっとりと舐め上げたりと、敏感な場所を執拗に責められる。菜々美の興奮を高めるように、臀部も捏《こ》ね上げてきた。

「や、やだぁ……」

「舐めやすいところを見つけた」

何度も腰を固い床の上で跳ね上げていた菜々美に追い打ちをかけるように、唾液をたっぷり含ませた舌で肉芽を押し潰した。

「ひっ……」

白い蜜が滴り落ちる、可憐に丸く開いた秘口に舌先を差し入れられ、痛いくらいの快感が駆け抜ける。

「っ……ンンンンッ」

喜悦に背筋から喉までが詰《つ》まって、小さな悲鳴に近い声が漏れた。

唾液と蜜とでぬるぬると狭間は濡れ、全てが敏感になっている。舌が少し触れるだけで、びくびくと身体が動いてしまった。

バスタブに湯が溜まっていく水音と、舐めしゃぶられる音が混じるのを聞きながら、頭の中に靄《もや》が掛かっていく。

「も、もう……っ」

思わず、呟いた。焼けつくような疼《うず》きが内から込み上げてきてつらい。

蜜口の縁《ふち》や浅い場所を舌先で丁寧に舐《ねぶ》られ、終わりがなく思える愛戯に、隆康のもので埋めて欲しい欲求で身体中が脈打つ。

「そういえば——この間の礼もまだだった」

生真面目を装った言葉に籠《こも》った熱っぽさ。記憶と一緒に口の中に苦味が蘇《よみがえ》った。

実家の兄のベッドで隆康の昂《たかぶ》りを咥《くわ》え、舌と口で扱《しご》きながら下肢に痺《しび》れを溜めていたあの夜。

「溢れてくる、ここから」

「ひぁっ……ッ」

少し糸を引く粘液を潤《うる》みきった花弁の内側にさらに広げられる。

「時間はある……。ゆっくりほぐそう」

「そん、なっ……」

敏感になりすぎた媚唇を指で嬲《なぶ》られ、そのあわいに吸いつかれ、ひどく揺さぶられるような快感に声も出せずに菜々美は震えた。

隆康は前後に動かしていた指を止め、蜜口にその指先をあてると、ゆっくりと肉襞の感触を味わうように埋《うず》め始める。

「あ、あッ……」

堪《こら》えきれずに呻《うめ》くと、上体を起こした隆康が、菜々美の白くなめらかな首筋に唇を這《は》わせた。

「すごく、指を締め付けてくるけど、わざと?」

「そんなこと」

内奥に侵入し攪拌《かくはん》しようとしてくる指を、すっかりぬるついた蜜壺はすんなりと受け入れる。それだけでなく、ナカは与えてくれる快感に既にひくひくと震えていた。

指は二本に増やされ、感じる部分を擦《こす》られ続け、くちくちという淫《みだ》らな水音がずっと響いている。

後ろ側の薄い壁や、敏感すぎるおへその裏側など、菜々美の弱いところを確実に突いてきた。

隆康の欲望を受け入れて、彼の優しさに安心して、すっかり濡れやすくなっている。

「もう挿《い》れていいか。指が奥まで吸い込まれそうになってる」

情欲に掠《かす》れた隆康の声が菜々美の返事を促《うなが》し、その声を聞いただけで興奮に蜜洞の奥が波打った。

ゆるゆると緩慢にかき回す指を、収縮した襞が奥へと誘っているのが自分でもわかる。

もっと激しい喜悦があることを身体は知っていて、それを求めているのだ。

潤んだ目で隆康を見上げて、小声でお願いする。

「……お願い」

隆康が息を呑んで、くしゃりとした顔で一瞬だけ笑んだ。だがすぐに、獲物を追い詰《つ》める男のそれへと表情を変えた。

「食べつくしたくなる」

菜々美の背筋をゾクゾクとした期待が走り抜ける。

隆康は立ち上がると菜々美を抱え上げ、バスタブの中に入れた。

少し熱めのお湯に触れて菜々美の理性が少しだけ戻ってくるが、隆康が持っている避妊具を見てすぐに吹き飛ぶ。

隆康が腰に巻き付けていたバスタオルを取り、天に向かって反り返った雄に膜を被せ、バスタブの中に入ってくる。

「おいで」

広い湯船に座った隆康は自分の太腿の上に菜々美を跨《また》がらせる。自身の猛々しい肉棒を手で支えると、荒い呼吸を隠しもせずに言った。

「そのまま、腰を落とせるか」

恥じらいはあったが、下腹部にそれ以上の激しい渇きがある。

綻《ほころ》びながらも虚ろなままの内奥を満たすために、隆康の傘部分をあてがうと、そのまま腰をゆっくりと下ろした。

「ああ……」

肉棒が蜜洞を徐々に満たし、痺《しび》れるような多幸感が身体中を駆け抜けた。蠢《うごめ》く蜜襞が肉棒を締め付けているのがわかる。

「自分で好きに動いてくれ」

隆康が胸の頂を口の奥深くまで含んだせいで、菜々美の背は弓なりになった。強い刺激に本能が腰を動かす。

その度《たび》にお湯がバスタブにぶつかる水音が恥ずかしくて、せめてと目を閉じた。

「胸、やめて……」

「こんなにおいしいものを止めるなんて、ひどい奥さんだ」

奥さんと呼ばれて下腹部に歓《よろこ》びが走ったが、口からは冷静な言葉が出た。

「まだ、結婚していない……っ」

「何だよそれ。傷つくじゃないか。……お仕置きをしなくちゃいけないな」

奥まで含んだまま口の中で頂を転がされて、強めに甘噛みされる。もう片方の頂は指で抓《つま》まれた。

「ひぁっ」

強すぎる刺激に、菜々美は隆康の髪に指を絡ませる。愉悦に呼応して腰が動いて、床にまでお湯が飛び散った。

「これじゃ、お仕置きにならないか」

愉《たの》しそうに言った隆康が、乳房を口に含んだまま、菜々美を下から突き上げる。

「……ひっ、あっ……んっ、……うっあっ」

腰を持ち上げられているのか、激しく下から穿たれているのか、段々とわからなくなってきた。甘い疼痛《とうつう》と、狂おしいほどの愉悦に、菜々美の身体はバラバラになりそうだ。

「きれいだ。自分がどれだけ俺を夢中にさせてきたか、わかるか。嫌がられても、誰にも渡さない。結婚も絶対にするからな」

頬を両手で包まれて、射貫くような視線で宣言された。激しさを抑えつけた、低くて心にまで染みこんでくる声に、渦巻《うず》いていた甘い疼きの濃度を上げた。

子宮に届きそうなくらい奥にまでみっちりと、深く激しい律動を繰り返される。抑えきれない声はバスルームに響いて、その唇も激しく奪われて、頭の中が霞んできた。

「離さないで……」

愉悦で朦朧とする意識の中、菜々美は必死に隆康の背中を抱く。

「私はもう、隆康さんしか、愛せないから……っ」

菜々美はいつの間にか自らも激しく腰を上下に揺すっていた。このまま終わらずに繋がっていたい感覚と、この快感を解放させたい本能とでせめぎ合う。

「もう、あ、やだ……っ」

湯船の中のおかげで、淫《みだ》らな蜜の音は聞こえてこない。

「離さない」

耳元でしっかりと伝えられると、腰を激しく動かし猛《たけ》りを奥へと擦《こす》り付けていた。

「ひっ……あああああっ」

頭が真っ白になって、悦楽に支配され引き攣《つ》るように硬直する。すぐに弛緩してぐったりとした身体を、隆康にぎゅっと抱き締められた。

「まだまだだ」

すぐにバスタブから引き上げられて、身体を拭くのもそこそこにベッドに仰向《あおむ》けにさせられる。

まだ達していない隆康は、後ろから菜々美の蜜洞を穿った。

「ああああっ」

奥まで差し入れられては緩やかに抜かれるせいで、肉の襞がねっとりと猛《たけ》りに絡みつく。その感覚が自分でもわかって、喉の奥から細い声が漏れた。

隆康は崩れ落ちそうになる菜々美の臀部をしっかり掴み浮かせると、改めてゆっくりと挿入する。

「ああ、めちゃくちゃいい」

「もう……もうだめ……っ」

隆康は抜いた肉棒が蜜でぬらりと光っているのをじっと見つめた後、再び菜々美に腰を叩きこむように動いた。

「や、あっ……ンッ……、激しす……ぎッ」

緩慢に身体を巡っていた悦が、急に激しい波のように襲ってくる。

腰を掴まれたまま最奥を突き上げられ、それに蜜襞は蠢《うごめ》きながらねっとりと絡みついた。剛直に抉《えぐ》られる快感に、菜々美ははしたなく身体を跳ねさせる。

「たまらなく可愛い。この胸も、ここも、誰にも渡さない」

速く激しく動かれるたびに揺れていた白い鞠のような乳房を、手で包みこまれた。何度も隆康の舌で転がされ、甘く誘う砂糖菓子のような頂を、掌《てのひら》で擦《こす》られる。

「もう、だめ……っ」

膨れた亀頭の尖端まで抜かれたあと、一気に蜜洞を満たされた。その度《たび》に動く乳房を隆康は手から放そうとせず、指先で乳首を抓《つま》まれて菜々美は身悶えた。

「やっ、あぁ」

声に煽られたのか熱に浮かされた律動は執拗さを増す。腕で抱えられている腰がびくびくと痙攣《けいれん》して、足のつま先がぎゅっと丸まった。

さらに、耳元で熱っぽく囁《ささや》かれる。

「菜々美は可愛くてきれいで、おまけに、こっちもすごくいい」

「そういう言い方、しないで……っ」

隆康の腰を打ち付けてくる勢いは怖いほどなのに、腰を抱える腕や撫でてくる手はどこまでも優しい。そのギャップがまた悦に繋がって、蜜襞がぎゅうと猛《たけ》りを締め付ける。

最奥を貪《むさぼ》るように切っ先で擦《こす》られどっと肌に汗をかく。乳首が扱《しご》きあげられるたびに、快楽の熱で身体中がじんじんと疼《うず》いていた。

「本当に、可愛い」

何度も甘く褒められて蕩《とろ》けそうだ。胸を触れていた手が下肢に伸び、ぷっくりと赤く膨れた花芯を嬲《なぶ》られる。

「だめ、隆康さん、そこ……ンッ、あっ」

「またナカが締まる。俺もイキそうだ……」

隆康が呻《うめ》きながらも休むことなく縦横無尽に律動を繰り返し、猛《たけ》りに埋め尽くされた肉洞は猛《たけ》りから精を吸い上げようと蠢《うごめ》き続けていた。

「やばい、な……」

「私、もう、お願い……っ」

結合した部分から蜜が溢れ出し、臀部を伝わってシーツを濡らしていた。菜々美は懇願するように顔だけで振り返る。

「……あ」

隆康の浮かべている艶めかしい恍惚とした表情に心を打たれた。会社では決して見せることのない、自分だけが知っている顔。

好きだから独り占めしたいと思ったけれど、もうしているのだと気づく。

じっと見つめていると、隆康と目が合った。

「大丈夫か」

「うん、大丈夫」

気遣いながらも容赦なく奥を蹂躙《じゅうりん》し続ける隆康から与えられる快感に身を委《ゆだ》ねる。

ずっと身体の中を渦巻いていた甘くて激しい塊が、背をせり上がってきた。それが頭の頂点に達したとき、ぎこちなく身体が揺れて肉襞が小刻みに痙攣《けいれん》する。

一晩に二度も達し、さすがに菜々美は身体をシーツに沈みこませた。

「あっ、ああっ、いっ……」

菜々美の蜜洞が肉棒を圧搾する締め付けに隆康は歯を食いしばり、ぐったりとした菜々美の唇を自分のそれで覆う。

抵抗も出来ないまま口腔《こうこう》が舌で責め立てられて、唾液が口の端から零れた。

「俺も……」

窄《すぼ》まったままの蜜襞を押し開くように肉杭に穿たれて、弛緩しきった菜々美の身体にまた快楽が蘇《よみがえ》る。

「あっ、だめ、また、いっちゃう……っ」

悲痛な声を上げたとき、隆康は二、三、大きく腰を打ち付けて、菜々美の上に倒れ込んできた。

猛《たけ》りがどくんどくんと脈打っていて、それを自分が締め付けている。

隆康の重みを感じ幸せ過ぎてふわふわする身体を感じながら、菜々美は目を閉じた。

深夜まで身体を貪《むさぼ》られ、何度も愉悦に痙攣《けいれん》した身体はさすがに疲れていた。

こんな快楽が待っている結婚生活に一抹の不安を覚える。受け入れる度《たび》に、達する自分の身体にも驚くばかりだ。

「……九時」

気怠《けだる》い身体を指先から徐々に動かし、やっと上体を起こして確認した時計の時間に呆気《あっけ》に取られた。

「九時」

目覚ましがなくても起きることのできる身体だから、休日であろうとも同じ時間に起きる。しかし今日は二度寝ではないのに、遅い時間に起きてしまった。

身体を重ねた後は疲れすぎて、シャワーも浴びていない。肌には隆康の重みを感じるし、下肢には鈍い違和感が残っている。

「おはよう」

隆康は窓際にあるテーブルで、すでに着替えたワイシャツとスラックス姿でパソコンを開いている。昨夜の激しさが嘘のような精悍さだ。

「おはようございます。ごめんなさい、寝坊……」

まだ裸なのが恥ずかしいが、彼の愉悦に囚われた表情を思い出すと、表情は自然と緩む。

「朝からいい眺めなんだが、誘ってくれてるなら大歓迎だ」

隆康は胸のあたりを親指で指した。まだ寝ぼけていたせいで、何ひとつ隠していない。しかも乳房にピンク色のうっ血した痕が残っているのが、明るい日の光に晒《さら》されている。

「……わ」

「俺がつけた痕だから、恥ずかしがることないだろう」

気が抜けきったために起こった事故に気が遠くなりかけたところで、隆康がベッド脇にやってきた。

「姫のそういうところが、また好きなんだ」

まだ時々『姫』と呼んでくるが、もう抵抗するのは諦めている。隆康の声でそう呼ばれるのは心地よいせいでもあった。他の誰かにそう言わないでくれれば、問題なしとしている。

隆康がベッドサイドに畳まれていたガウンを広げて、菜々美の肩に掛けてくれた。

「ありがとう……。それと、気を付けたいと思います」

「俺の前では気を付けなくていい。緩んでる菜々美を見ると、安心する」

隆康はベッド脇に腰掛けたので、彼の体重でマットレスが少し斜めになった。

「どうしたの」

珍しく思い悩んだような顔をしていて心配になった。昨夜は乱れ過ぎた自覚はある。もしかしてさすがに引かれたかと焦った。

「プロポーズなんだが、もう一度、ちゃんとさせてくれないか」

きょとんとした菜々美の前で、隆康は額を押さえて苦しげに顔を歪めた。

「指輪も、食事も、何にもないプロポーズでは自分が許せない。準備をしていたのに、酔った菜々美が可愛すぎて我慢ができなかった」

「……はぁ」

可愛いと言われた嬉しさでにやけそうな顔を堪《こら》えながら、菜々美はとりあえず相槌を打つ。

「これまで我慢をしていたぶん、抑制が利《き》かないな……」

隆康は独り言《ご》ちて、菜々美の頬を愛おしそうに撫でた。

「誰にも渡さない。……先に子作りしたいくらいだ」

「それは、困ります！」

昨夜の熱情を考えれば、冗談と笑い飛ばせない。さすがに頷けずにぶんぶんと首を横に振ると隆康は噴《ふ》き出す。

「ゆっくり、どんな生活をしたいかを話し合っていこう。もちろん、犬も飼おう」

「だって、苦手でしょう。実家に帰れば会えるからいいですよ」

実家が犬を迎え入れるのは来週だ。両親はそれに忙しくしているが、とても生き生きしていて娘として嬉しかった。

「いや、結婚前から俺は同棲をする」

「する？」

断定的な口調に、つい眉間に皺を寄せてしまう。

「犬を飼う準備もしないといけないから、これから忙しいな」

「ちょっと待って、さっき、ゆっくりどんな生活をしたいか話し合っていこうって……」

混乱した頭を整理するように口にすると、隆康は満足げに微笑んだ。

「お互い忙しい。なら、一緒の家の方がいいだろう。ゆっくり時間がとれる」

「それは、そうですけど……」

隆康の仕事が忙しいのは本当だ。菜々美も一日が終わればヘトヘトで、翌日の仕事のコンディションを考えれば、アフターファイブに頻繁に会うのはなかなか難しい。

「せっかちすぎるか」

ひどく心配そうに顔を覗き込まれて、心臓が掴まれた。こんな表情もできるなんて反則だ。見捨てられない気持ちになってしまう。

隆康は手を伸ばして菜々美の顎《あご》を優しく掴んだ。その手の熱さにどきりとする。

「必ず幸せにする。誓うよ」

「……もう幸せですよ」

大好きな人からプロポーズされているのだ。指輪や食事なんて、ただのおまけにしか思えない。

見つめ合った後、ゆっくりと唇を重ねる。

「幸せなんです」

菜々美は隆康の唇の熱さに酔い、それからまた彼の甘い熱情で身体を満たしたのだった。

～大人のための恋愛小説レーベル～

ETERNITY
エタニティブックス

エタニティブックス・赤

お願い、俺と恋に落ちてよ

砂原雑音

装丁イラスト／サマミヤアカザ

ある夜、ずぶ濡れのイケメンを助けた美優《みゆ》。決して素性を明かさない彼を最初は警戒していたけれど、その人懐っこい笑みと癒し系の雰囲気に絆されていき……？　ワンコ、時々オオカミ。柔和な彼が時折見せる雄の顔とのギャップに翻弄されて、ドキドキが止まらない！　素性をひた隠しにしている謎のイケメンと始める、とびきりドラマチックな蜜愛ストーリー。

エタニティブックス・赤

君には絶対恋しない。

綾瀬麻結

装丁イラスト／相葉キョウコ

自分が大企業の御曹司・遥斗《はると》のフィアンセ候補だと知った、老舗呉服屋の令嬢・詩乃《しの》。候補から外してもらう道を探すべく、遥斗の勤める会社に潜入したら、ひょんなことから彼の秘書にさせられてしまった！　だけどこれをチャンスととらえ、遥斗が他の候補に興味を持つよう仕向けることに。なのに、彼は詩乃のほうが気になるらしく、すべてを暴こうと迫ってきて――

エタニティブックス・赤

策士な紳士と極上お試し結婚

加地アヤメ

装丁イラスト／浅島ヨシユキ

結婚願望がまるでない二十八歳のOL・沙霧《さぎり》。そんな彼女にある日、断りにくいお見合い話が舞い込んでくる。お相手は家柄も容姿も飛びぬけた極上御曹司！　なんでこんな人が自分と、と思いながらも、はっきりお断りする沙霧だったが……紳士の仮面を被ったイケメン策士・久宝《くぼう》により、何故かお試し結婚生活をすることになってしまい!?　逃れられないとろ甘ノンストップラブ！

※エタニティブックスは大人の女性のための恋愛小説レーベルです。ロゴマークの色で性描写の有無を判断することができます（赤・一定以上の性描写あり、ロゼ・性描写あり、白・性描写なし）。

詳しくは公式サイトにてご確認ください。

https://eternity.alphapolis.co.jp/

携帯サイトはこちらから！

お見合い結婚からはじまる恋
ご主人様 甘い命令には逆らえない
待ち焦がれたハッピーエンド
溺愛の籠から脱出不可能
甘くとろける返り討ち
ロマンティックだけど野獣的
服従
執着
イケメン部長のチャンスは逃さない
許婚候補
庶民なわたしが御曹司の許婚!?

この作品に対する皆様のご意見・ご感想をお待ちしております。

おハガキ・お手紙は以下の宛先にお送りください。

【宛先】

〒150-6008 東京都渋谷区恵比寿 4-20-3 恵比寿ｶﾞｰﾃﾞﾝﾌﾟﾚｲｽﾀﾜｰ８Ｆ
（株）アルファポリス　書籍感想係

メールフォームでのご意見・ご感想は右のＱＲコードから、
あるいは以下のワードで検索をかけてください。

アルファポリス　書籍の感想　検索

ご感想はこちらから

エリート上司《じょうし》は求愛《きゅうあい》の機会《きかい》を逃《のが》さない

水守真子（みずもりまさこ）

2021年 2月 25日初版発行

編集－本丸菜々
編集長－塙綾子
発行者－梶本雄介
発行所－株式会社アルファポリス
〒150-6008 東京都渋谷区恵比寿4-20-3 恵比寿ｶﾞｰﾃﾞﾝﾌﾟﾚｲｽﾀﾜｰ8F
TEL 03-6277-1601（営業） 03-6277-1602（編集）
URL https://www.alphapolis.co.jp/
発売元－株式会社星雲社（共同出版社・流通責任出版社）
〒112-0005 東京都文京区水道1-3-30
TEL 03-3868-3275
装丁イラスト－カトーナオ
装丁デザイン－AFTERGLOW
（レーベルフォーマットデザイン―ansyyqdesign）
印刷－図書印刷株式会社

価格はカバーに表示されてあります。

落丁乱丁の場合はアルファポリスまでご連絡ください。

送料は小社負担でお取り替えします。


ISBN978-4-434-28512-7 C0093